JN057745

『収納』は異世界最強です

正直すまんかったと思ってる

農民
Noumin

Illustration
おっweee

登場人物紹介

安堂彰人（あんどうあきと）

ある日突然、勇者召喚された青年。
オタク知識を持つため
召喚主の王女を疑っていて、
王城では鈴木と名乗る。

滝谷環（たきやたまき）

彰人と共に
勇者召喚された女子高生。
しっかり者で、
海斗と桜のストッパー役。

イリン・イーヴィン

森の中で彰人たちに助けられた、
訳アリな狼人族の少女。

ながおか なおき
永岡直己
いかにもヤンキーな
言動が目立つ、
彰人と共に召喚された
高校生。
ハンナ・ハルツェル・
ハウエル
彰人たち五人を異世界に召喚した
張本人である、ハウエル国の王女。
さいとう さくら
斎藤桜
彰人と共に召喚
されたうちの一人。
重度のオタクだが、
能天気な少女。
かんざき かいと
神崎海斗
彰人と共に
勇者召喚された高校生。
素直な性格で、
強い正義感を持つ。

第1章　『収納』縛りの異世界召喚

パリンッという音と共に、俺の尻に衝撃が走る。

思わず「イタッ」と口に出すくらいには痛かった。

困惑する俺の耳に、知らない女性の声が投げかけられる。

「ようこそおいでくださいました。勇者様。我々は皆様を歓迎いたします」

――なんだこれ？

そう思った俺は間違ってはいないだろう。

俺の名前は安堂彰人。ついさっきまで、電車に乗って出勤中だった筈なんだが……

尻もちをついたまま見下ろすと、服装はスーツのままだが、スマホや財布なんかの持ち物はない。

床は石造りで、さっき痛かったのも当然か、と妙な納得をしてしまう。

目の前には制服を着た四人の男女がいて、俺を含む五人を囲うように、いかにも魔法使い風な人たちが立っていた。その人たちはローブを着て杖を持っており、厨二心を刺激してくる。

ちなみに壁も石造り。

もしかして、これって異世界召喚ってやつか？

ラノベとかでよく見るパターン、いわゆるテンプレってやつだよな。

異世界から勇者を召喚し、魔物や魔族なんかの敵と戦わせる。実はそんな脅威があるわけじゃなくて、自国の利益のために働かせるってパターンも見たことあるけど……

するとそこで、目の前にいた少年の一人が、こちらに向かって声をあげた。

「どういうことですか⁉　勇者？　俺たちは勇者なんかじゃありません！　ここはどこで、あなたたちは何者なんだ！」

おお～、威勢がいいな少年。でも誰に話しかけてるんだ？

そう思い振り向けば、そこには高級そうなドレスを着た、驚くほど綺麗な少女がいた。

波打つ長い金の髪に、輝く碧眼。まるで人形のようだ、なんて言い回しをよく本で読むが、まさにそれだ。この少女がアイドルなんてやった日には、狂信者レベルのファンが大量発生するだろうな。

……他の魔法使いっぽい人たちより身分が高そうだし、この少女がこの場の責任者かな。

だとしたら、少年はもうちょっとおとなしくしておいた方がいいんじゃないか？　相手がどう出てくるか分からないんだし。

感心半分呆れ半分で見守っていると、美少女の方が口を開く。

「落ち着いてください。いきなりのことで混乱するのも分かりますが、まずはわたくしの話を聞いていただけないでしょうか」

ふむ、一応まともに説明するつもりはあるみたいだな。召喚と同時に隷属の魔法をかけるパターンもあるからそうでなくてよかった、かな？

いや、でも完全には安心できないか。

自分から協力してもらった方が何かと便利だから、とりあえず友好的なフリをして、利用できなさそうだったら隷属、って流れを狙っている可能性も捨てきれない。

なおも言葉を続けようとした少年だったが――

「海斗、落ち着きなさい。気持ちは分かるけど、ひとまず話を聞きましょう」

一緒にいた少女に止められた。

どうやら彼女は少年――海斗くんよりは冷静みたいだな。

他人が自分以上に慌てていると冷静になれるってやつなのか、生来のものなのかは分からないけど……話を聞かない事には始まらないからな、よくやった。

「ありがとうございます。まず初めに、わたくしはハンナ・ハルツェル・ハウエルと申します。ここ、ハウエル国の王女です。よろしくお願いします」

自称王女様はそう言って俺たちに笑顔を向ける。

しかしすぐに真剣な顔つきになった。

「――さて、早速ですが本題に入ります。皆様には、わたくしたちを救っていただきたいのです。現在この国は、魔族とソレに協力する者どもに襲われ、破滅へと向かっています。わたくしたちも必死で抵抗していますが、それでも凌いでいくだけで精一杯で……」

王女様はそこまで言って一息つくと、殊更真剣さの増した表情と声音で続けた。

「そこで、文献にあった異世界から強者を呼び出す方法を試し、現れたのが皆様方『勇者』です。お願いします。どうか、わたくしたちと共に戦ってください」

やっぱりテンプレだったな。

正直まだ信用できないが……あの少年たちはどうするつもりなのかね。

「いきなりそんなことを言われても……なんで俺たちなんですか？」

「文献には『勇者たる資格があるものを呼ぶ』とだけありましたので、わたくしどもにも詳しくは分かりません」

勇者たる資格、ねぇ。自分たちに都合のいい駒って言っているようにも聞こえるな。

さりげなく周りを見回してみるが、一人の女の子を除きみんな微妙そうな顔をしている。

「海斗くん助けてあげようよ。わざわざ違う世界に助けを呼ぶくらいなんだし……」

「そうだね。でも桜、俺たちは戦いなんてしたことないんだよ。危険じゃないか？」

あの子は桜ちゃんっていうのか、やけに乗り気だなぁ。もしや俺と同類の二次元オタクか？　でも、もう少しよく考えた方がいいぞ？

「ちょっと待ちなさい、桜。まだ判断するのは早すぎるわ。もっと詳しく聞かないと」

「……環の言う通り、もう少し話を聞いてからの方がいいかもな」

桜ちゃんを諌めるようにもう一人の女の子――環という子が止めると、海斗くんもすぐに思いとどまった。

あの子が二人のブレーキ役かな？　全員が『困っている人を助けたい』なんて勇者気質じゃなくてよかったよ。もしそうだったら、今後の行動方針が作戦名『ガンガンいこうぜ！』になってたかもしれないからな。

そう安堵したところで、もう一人、海斗くんたち三人と同じ制服を着ている少年のことが気になった。同じ学校の生徒だろうけど、知り合いじゃないのか？

首を傾げていると、王女様が提案した。

「そうですね、こちらも話を急ぎすぎました。ここは王城の一室なのですが、ひとまずここを出て我が父――この国の王に会っていただけないでしょうか」

確かに、このままずっとここにいるわけにもいかないしな。おとなしく従うことにしよう。

と、ここでやっと、周りのみんなが立っているのに俺一人だけが召喚された時のまま座り込んでいたのに気づいた。

慌てて立ち上がれば逆にカッコ悪い。ここは大物感を出してゆっくりと立ち上がるべきだろう。

立ち上がりながらみんなの様子を見ていたが特に反応はない。どうやら恥はかかずに済んだらしい。

「よくぞ参られた、勇者よ」

……よし、逃げよう。王城の中を移動し、連れてこられた謁見(えっけん)の間で貴族に囲まれながら、目の前の王を見た俺はすぐにそう思った。

正直この召喚は、ダメなパターンのやつだと思う。

だって見ろよ、あのでっぷりした腹に、煌(きら)びやかな装飾(そうしょく)に溢(あふ)れた服。

王として見栄(みえ)を張らなくちゃってのも分かるけど、魔族とやらに襲われて国が危機だってんなら、もうちょっとそれらしい恰好(かっこう)をした方がいいんじゃないか？

これじゃあ、あからさまに胡散臭(うさんくさ)いぞ。

俺はこれまでの人生、辛いことや苦しいこと、面倒なこと……色々なものから逃げてきた。

誰だって楽な方がいいに決まってるし、俺もそうだ。

だから今回も逃げようと、そう決めた。

しかし王は俺の内心に気づかずに話を進める。

「娘から話を聞いているだろうが、答えを聞かせてもらいたい。我々を助けてはくれないかね」

「申し訳ありませんが、俺たちは戦いの経験がありません。そんな俺たちが戦ったとしても、足手まといになるだけではないでしょうか」

海斗くんが王の言葉に返答する。本人はそのつもりはないのかもしれないけど、暗に拒否しているように聞こえた。

もう少し言葉は選んだ方がいいと思うぞ、もしかしたら態度次第でグサッとされるかもしれないんだから。

「それならば心配いらぬ。勇者とは、世界を渡る時に特殊な力を授かり、また身体能力も高まるのだ」

だが心配したようなことは起こらず、王は尊大な態度で話を続ける。

そして彼のそばに控えていた従者が前に出て、金属のプレートを俺たち全員に渡す。鉄じゃないみたいだけど……と思っていると、説明をしてくれた。

「それはこの国の身分証であります。通常は名前、身分、犯罪歴、出身国が記載されるのですが、勇者様方が使われた場合のみ、更に『スキル』というものが追加されます。実際に見ていただければ、どういうものかご理解いただけるでしょう」

「ステータスプレートみたいなものかな？」

桜ちゃんの言葉に、俺は納得する。筋力とか魔力とかは表示されないみたいだけど、使い心地はどうなのかな。

「何も書かれてないのですが……」

海斗くんの言葉に手元を見るが、確かにその通りだ。

「表示には登録が必要なんです。こちらの道具で血を登録しますと、所有者の意思によって表示と非表示を切り替えられます」

「血、ですか……」

注射器のような見た目の道具と、血が必要という情報に、四人は戸惑いの表情を浮かべる。桜ちゃんもさっきまではイケイケだったのに、勢いがなくなっていた。

事故なんかで怪我をした時ならともかく、自分の意志で血を出すのは嫌なんだろう。かく言う俺もそうだ。

そもそも、これは本当に身分証の登録に必要なことなのか？　もしかしたら、これが俺たちを隷属させるための罠である可能性も否定できないんじゃないか。

「ご安心を。血といっても何も大量に必要なわけではありません。ほんの一滴だけで構わないのです」

「……分かりました。お願いします」

王女の言葉に、海斗くんは従者に手を差し出した。その姿は注射を嫌がる小学生のようだ。

「終わりました。こちらをどうぞ」

道具で吸い出した血がプレートに垂らされ、更になんらかの道具を使うとすぐにプレートは本人に返された。

肝心の結果はどうなっているのだろうか？

海斗くんは手元のプレートに視線を落とすと、驚きの声をあげた。

「おお！　本当に書かれてる！」

「おめでとうございます……スキルの欄(らん)はどうなっていますか？」

「はい。『収納』と『剣舞(けんぶ)』って書かれています」

「なるほど。『収納』は召喚された者全員に与えられるそうなので、もう一つがあなたの固有のスキルとなります」

海斗くんと従者のやりとりを見て、オタ心を刺激されたのだろう桜ちゃんが「私もやります！」と立候補する。そしてそれに続く環ちゃんと残りの少年。

……様子を見る限り、変な魔法はかけられていないようだな。

でもどうしたものか。心配はないとは思うが、それでも絶対じゃない。もしかしたら後から効果を発揮するものかもしれない。

かといって「あなたたちを信用していないのでお断りします」とは言えない。

この場は、登録するしかないのだ。

「お手をお願いします」

おっと、考え事をしているうちに順番が来た……仕方ない、少しだけ足掻(あが)いてみるか。

「これは申し訳ありません。少々緊張してしまって。私の名前は鈴木(すずき)彰人と申します。どうぞよろしくお願いします」

「ご丁寧(ていねい)にありがとうございます。それでは血を採らせていただきます」

そして俺のプレートが戻ってきたが——成功だ。

名前の欄には、本名である『安堂彰人』ではなく、今名乗った偽名である『鈴木彰人』の記載。

以前読んだ本で、名前を使って相手を隷属する、という術があった。そして偽名を名乗ることで隷属を回避した……という展開になっていたのを思い出したので、一芝居打ったのだ。

もし本名が記載されてしまっても、「先日名字が変わったばかりで間違えました」でなんとかなるし、やってみる価値はある。

そう思ったんだけど、成功したみたいだな。

「それでは皆様。それぞれのお名前とスキルを教えていただけますか」

そう王女に言われて、俺は名前以外の部分にも目を通す。

「じゃあ俺から。俺の名前は神崎海斗。スキルは『収納』と『剣舞』です」

「次は私ですね。私は斎藤桜と言います。スキルは『収納』と『護法』です。よろしくお願いします」

「私は滝谷環と申します。スキルは『収納』と『炎鬼』です」

「……永岡直己。『収納』と『雷槍』だ」

みんなの自己紹介が終わり、不明だったヤンキーっぽい最後の一人の名前も分かったのだが、俺はそれどころじゃない。

え？　なんで？　と混乱していると、海斗という少年から声がかかった。

「えっと、あの、鈴木さん？　の番ですよ。自己紹介お願いします」

その声にハッとして顔を上げる。

しまった、あまり目立ちたくはなかったのに目立ってしまった。

いや、これからのことを思えばどのみち目立っていたか。悪い意味で。

一応あまり不快感を持たれないように下手に出ておくか。

「申し訳ありませんでした。改めまして、私の名前は鈴木彰人と申します。スキルは『収納』です」

俺の名乗りに、王が不思議そうに尋ねてくる。

「ん？　それだけか？　もう一つはどうしたのだ？」

「残念ながら私にはスキルが収納しかないようです。ご期待に添えず申し訳ありません」

そう、俺には固有のスキルがなかったのだ。

「なんだと？」

王が驚いたように聞いてくるので相当に珍しいのだろう。周囲に控えている貴族もザワザワしている。

「王よ。やはり魔力の過剰供給による超越魔術は無理があったのでは……」

そのうちの一人が発したその言葉で、何があったのかおおよそ察することができた。

つまり、学術的興味からか、ただ欲張っただけなのかは分からないけど、『過剰供給』とか『超越』とかいうワードから察するに、本来四人を召喚する魔法でむりやり五人召喚したせいで、俺の召喚が不完全になってしまったということか。

うん、それなら俺のせいじゃないから安心だ——とはならないよなぁ。

いずれにせよスキルを持っていない以上、役立たず扱いされるだろう。他の子たちに気づかれないように処分されるかもしれない。

であれば、海斗くんたちとはできるだけ仲良くなっておきたい。

そうすれば、俺が急にいなくなった時に彼らは疑問を持つから、この国の連中もそう簡単に俺を処分できなくなる筈だ……そう思いたい。

王と貴族連中は何やら顔を突き合わせて相談していたが、そこで一人の男性が手を挙げる。

「王よ。発言をお許しいただけますかな」

そう言ったのは、いかにも老練な魔法使いといった風貌で、白い髪と髭にローブを着てなんか凄そうな杖を持った爺さんだった。

王が頷くと、爺さんが言葉を続ける。

「ありがとうございます。その者のスキルについて、あくまで可能性でしかありませんが、一つの推測ができます。勇者様方の召喚に成功した時、触媒として使った道具が壊れてしまいました。その影響で、五人目の召喚が不完全になったのではないかと」

やっぱりそうか……なんて分かったところで、どうしようもないから問題であることは変わらないんだけどね。

「不完全、か……どうにか完全な状態にすることはできんのか？」

「それはなんとも言えませぬな。このままスキルを使えない可能性も、逆にいきなり目覚める可能性もあります」

「うーむ。そうか……ならば――」

「陛下。お話を遮ってしまい申し訳ありませんが、勇者様方をお部屋にご案内しても？　皆様、急なことでお疲れでしょうから」

俺の状況が判明していく中、王女が会話を断ち切った。

彼女の言葉からは、単に俺たちを案じるというよりも、この先を聞かせたくないという意思を感じる。

いくら娘とはいえ、王の言葉を遮るなんて真似は普通できない。つまり、そうするほどに聞かせたくない話ということで……嫌な予感しかしないな、早めに手を打たないとまずいか？

「勇者様方、こちらへどうぞ。皆様のお部屋へ案内させていただきます」

「王女様自らですか？」

「はい。皆様は国賓ですので」

そう言って歩き出す王女の後を、俺たち五人も追う。

やけに高そうな絵画や壺なんかの美術品が、通路の両側に置いてあった。間違って壊さないように気をつけないと……あんまり端を歩かないようにしよう。

思いのほか長い部屋までの道のりを歩いていると、さっきストッパー役だった環ちゃんという少女が王女に問いかける。

「あの、質問してもいいですか？」

「はい、どうぞ。わたくしに分かることでしたら、いくらでもお答えいたしますわ」

「では、どうして私たちはこの世界の言葉が話せているのですか？　自然と話せていますけど、日本語――元の言葉ではないようなのですが」

「あっ！　そういえばここって異世界なんだよね。なんでだろう？」

おぉ、よく聞いてくれた、環ちゃん！

しかしその後の桜ちゃんの発言は能天気すぎて心配になってくるな。

「それは、召喚された者には、召喚を主導して行った者の知識が与えられるからです。今回の場合はヒース――謁見の時にいた魔術師の老人のものになります」

「ああ！　あのいかにも魔法使いって感じのお爺ちゃんね！」

「そうなんですね、ありがとうございます」

なるほど、そうなのか……ん？　だったら魔法の知識とかも入ってるのか？

そう思って、自分の頭の中から記憶を思い出すように調べてみると――

おおぅ。いっぱい入ってたよ。魔法――この世界では魔術と呼ばれる超常の力を操る方法をはじめとして、薬の作り方やいくつかの言語、この世界の礼儀作法なんかも分かった。

なんというか、『分かった』っていうよりも『忘れていたことを思い出した』って感じだな。

思考に没頭（ぼっとう）しながら歩いていると、王女から声がかかった。

「皆様、こちらが普段使っていただく食堂となります」

「食堂ですか？　部屋に案内していただけるのではなかったのですか？」

部屋に連れていくと言っておきながら、着いたのは食堂。当然のことながら疑問の声が海斗くんから上がる。

しかし王女は、食堂の扉を開きながら言葉を続けた。

「はい。ですがその前に、皆様に紹介しておきたい者たちがいます。彼女たちはこれから皆様の専属として、身の回りの世話を行うメイドです。ご自由にお使いください」

扉の先にいたのは、五人のメイドだった。

しかし俺も含め、みんな戸惑っている。日本で普通に暮らしていて、メイドさんにお世話される状況になることなんてないから当然か。

「ご自由にって、どう使っても構わないのか？」

いやらしくにやけた顔で、王女に質問するヤンキーっぽい少年、永岡。

「はい。お好きなようにお使いください」

王女も彼の質問の意図を理解しているんだろう。やけに強調した言い方をしている。

つまりは夜の相手に使っても構わないってことだろうな。

ちなみに、海斗くんと桜ちゃんは気づいていないみたいだけど、環ちゃんは察しているみたいだ……もしかしてムッツリなのかな？

「後はそのメイドたちがお部屋まで案内いたします。夕食の時間になりましたらお呼びしますので、それまでお休みください」

そう言い残して、王女は去っていったのだった。

そして今、俺はメイドさんの案内で部屋に向かっている。

彼女たちが着ているのは、俺の知っているものとは若干違うが、まごうことなきメイド服である。

自己主張しすぎず、なおかつ作業の邪魔にならない程度の装飾。だがそれは決して地味というわけではなく、可愛らしさに溢れたものとなっている。

控えめにいって素晴らしい。この服を作った奴とは仲良くなれそうなくらい、俺の趣味と見事に一致している。どうにかして会えないものか。

「こちらがスズキ様のお部屋となります」

そんなバカなことを考えながら歩いていると、部屋に到着した。

それなりに金がかかっていそうな扉を開けると、扉と同じく高級そうな家具が置かれていた。

「ああ、ありがとうございます……ご存知かと思いますが、私の名は鈴木彰人と申します。以後よろしくお願いします」

俺は案内してくれたメイドさんにお礼を言い、自己紹介する。

「ご丁寧(ていねい)にありがとうございます。ですが私ども使用人にそのような態度は必要ありません。どうぞ普段通りの態度で接していただければと思います」

「そう言っていただけるのはありがたいのですが、これは癖(くせ)みたいなものでして。できる限り気をつけるようにはしてみます」

「いえ、私こそ出過ぎたことを申しました。申し訳ありません」

綺麗なお辞儀(じぎ)をするメイドさん。

でも実際のところ、友人でも家族でもない会ったばかりの人に普段通りの対応って難しいよな。

「この部屋は自由に使ってもいいのですか？」

「はい。ここはスズキ様専用となっておりますので。申し遅れましたが、私はスズキ様の専属となりました、アリアン・アニストンです。どのようなことでも従いますので、ご自由にご命令くださいませ」

そう言われるが、これまで誰かを使うようなことがなかったので正直困る。

「それでは私はこちらで待機させていただきます。いつでもお声がけください」

「え？」

そう言って部屋の隅に立ち、動こうとしないアリアン。

だが、そこにいられると困る。これじゃあ自由に動けないじゃないか。

そう思って見つめていると、首を傾げられてしまった。

「何か御用でしょうか」

「いや、用ってわけじゃないんですが……」

はっきり言っていいものか悩む。

やりたいことがあるから出ていけ、なんて言ったら見られては困るのかと怪しまれるだろうし、かといって退室してもらわなければ何もできない。

だから、仕方ないけど最初にはっきりと言っておくことにした。

「あー、その。実は……今までメイドさんに世話してもらったことがなくてですね。ずっとそばにいられるのはちょっと落ち着かなくて。必要な時には呼びますから、それまでは別室で待機したり今まで通り他の仕事をしたりしていてください」

ここは「出て行ってもらっていいですか？」という疑問形ではなく「出て行ってください」と命令するのが重要だ。そうすれば『命令』なのだから向こうは従うしかない。

「ですが、そういたしますとスズキ様にご不便をおかけしてしまうかもしれません」

「構いませんよ。自分で望んだことですし」

「……かしこまりました。それでは、何か御用がございましたら、こちらのベルをお使いください。私のもとに知らせが来ますので、即座にスズキ様のもとへ参ります」

了承するまでに少し間があったのは、部屋には残りたいがここで食い下がれば俺に怪しまれると思ったからか、それともただ単に職業意識からなのか。

それにこの渡されたベル。すぐに来るって言ってたけど『この部屋』ではなくて『俺のもと』って言ってた。もしかして、このベルは発信機のようなものなんじゃないか？　……流石に疑いすぎだろうか。

ともあれ、怪しまれないためにも受け取りを拒否することはできない。

「ありがとうございます。ではアニストンさん、これからよろしくお願いします」

「こちらこそ、よろしくお願いいたします」

アリアンが出ていったのを見送った俺は、改めて部屋の中を見回す。

実は昔、泊まったホテルに盗聴器が仕掛けられていたことがあった。それ以来、初めて泊まる場所では最初に調べるようにしているのだ。

部屋にあるものは机、ベッド、サイドチェスト、本棚、それとクローゼット。そのどれもが金がかかっているんだろうなと思わせるような造りをしている。

軽く調べた後、脱いだジャケットをサイドチェストの上に置き、ボフンッとベッドに倒れこんだ。

色々あって疲れたが、このまま寝るわけにはいかない。

今のうちに今後の対策を考えなければ、この先、生き残ることができないだろう。

「……それで、これからどうするかな」

この世界に来てから少ししか経ってないけど、それでもこのままここにいちゃいけないと感じていた。

王女や王の言葉、それに態度の端々に、俺たちを見下している雰囲気が感じられるのだ。

アリアンたちメイドをつけてくれたのだって、慎重に考えてみれば、不便を感じないようにって理由だけじゃなくて、監視の意味合いが強いだろう。

もちろん考えすぎかもしれないけど、用心するに越したことはない。

俺はベッドに倒れたまま、右手で横にあった枕に触って収納スキルを使う。

すると一瞬の黒い光と共に、今まで触っていた筈の枕が消え去っていた。

起き上がってから、今度は左手から枕を出すイメージで収納を使ってみると、左の手の平の上に枕が出現した。

うん。やっぱり予想した通りの効果だな。

その後何回か、他のものを使って試してみた。

まずスキルの使い方については、さっき試したように、手で触ったものをしまおうと思うだけで自由にしまうことができ、しまったものは好きに出すことができた。それに、このスキルの有用性にちょっとした可能性も見出せた。

容量がどれくらいかは分からなかったが、感覚的にいくらでも入るんじゃないかと思える。

俺は再び寝転がり、スキルをどう使っていくか考える。

これだけでも十分チートと呼べるんだろうけど……他の勇者として呼ばれた子たちは、更にもう

一つスキルを持っている以上、これじゃ足りない。

だから俺は、俺の唯一ともいえる武器であるこの収納スキルを、どうにかして『切り札』にまで仕上げなければならない。

それも誰にも気づかれずに、だ。

気づかれてしまえば他の勇者に真似されて、俺のアドバンテージがなくなってしまうからな。

海斗くんたち四人とは、仲良くなって彼らの能力を探りつつ、自分の能力はバレないように鍛えていかなければならない。

それと同時に、この国の奴らに処分されないようにうまく立ち回る必要もある。俺が有用だと分かれば、すぐに殺されることはない筈……だといいな。

そんな風に今後のことや自分の能力について考えていると、コンコンと少し控えめにドアを叩く音が聞こえた。

誰だろうか？　この世界に俺を訪ねてくるような知り合いがいるわけない。

王女がわざわざ来る筈もないし、アリアンが戻ってきたのか？

「はい。どなたでしょうか？」

「あ、えっと俺、神崎です。今、少しお時間をもらえますか？」

「ああ、今開けるよ」

横になっていた体を起こしてドアを開けると、そこには一緒に召喚された海斗くんがいた。

「どうしたんだい。神崎……海斗くん、だったかな？」

「はい！　そうです」

「それで何か用かな？」

「あっ。あの、状況が状況ですし、一度みんなで話し合えないかな？　と思いまして」

……まずい。彼らにこんな提案をされるとは。

ここは俺から動いて話し合いの場を設けるべきだった。

頼れる大人ポジションを築いておけば、今後多少は動きやすくなった筈だ。

なのに初っ端からミスするとは……でもまだ平気だ。この程度ならこれから挽回できる。

「ああ、そうだね。確かにその必要があるか……すまない。こういう場合は年長者である俺が提案するべきだっただろう」

「い、いいえ！　俺はみんなと話し合うことができましたから。その、鈴木さんを呼ぶのもその話し合いの中で出た話で……」

「気にしなくていいよ。君たちも大変だっただろうし——ところで『みんな』というのは他に呼ばれた子全員かい？」

俺のことを忘れていたのを心苦しく思っているようなので、話題を変えてあげる。

「あっ、いいえ。さっき話し合ったのは俺の他に、女の子二人って言えば分かりますか？」

「斎藤桜さんと滝谷環さん。で合ってるかな？」

「はい。その二人です……それでどうでしょうか？　話し合いに参加してくれますか？」

ここは参加しておいた方がいいだろう。というか参加しないわけにはいかない。

ここで断れば、今後彼らの力が必要になった時に困るからな。

「もちろん。場所は君の部屋かな？」

「はい。案内します」

俺は部屋を出て海斗くんの部屋へと向かう。

召喚された者――俺たちの部屋は近い場所にまとめられているのですぐに着いた。

「戻ったよ」

「あ、おかえり」

「おかえりなさい……鈴木さん、来てくれたんですね」

海斗くんの部屋には、本人が言っていたように桜ちゃんと環ちゃんがいた。他に永岡という少年もいる。

が、専属としてつけられたメイドさんはいない。部屋の前にもいなかったし、どうやら彼らも待機を命じたらしい。

「じゃあ揃ったから早速始めようか」

そう言って海斗くんが俺たちを見回すが、このまま進められるのはまずい。

いや、まずいということはないんだけど、できれば俺の存在をアピールして彼らの内側に入り込みたい。

なので俺は小細工をするためにスッと手を挙げる。

「話し合いを始める前に少しいいかな？」

「あ、はい。どうぞ」

「ありがとう……まずは君たちに謝罪をしたい。さっき海斗くんにも言ったんだけど、本当なら、年長者である俺がこういった話し合いの場を設けるべきだった。それなのに、そのことに気づかず君たちに気を遣わせてしまった。申し訳ない」

「そんな！　さっきも言いましたけど気にしないでください」

「そうです！　こんな状況ですからみんなで協力しないと」

海斗くんと桜ちゃんの二人の言葉に、環ちゃんが頷いている。永岡少年は何の反応も示していないが、まぁいいか。

「そう言ってもらえるとありがたい——俺からは以上だ。話を遮ってしまってすまなかった」

「いえ——それじゃあ話し合いを始めようか。内容は現状の確認と今後の対応について、だ」

俺が感謝を告げると、海斗くんからの話が始まる。

「まずは現状の確認から」

海斗くんはこの世界に来てから今に至るまでの流れを、所々環ちゃんの補足を受けながら改めて整理していく。分かりにくいところもなく、しっかり状況がまとめられていた。

しかしこうしてみると、完全に主人公属性だよな、海斗くんって。俺は勇者の証であるらしい固有スキルもないし、主人公ではないな。

「ここまではみんないいか？」

海斗くんは語り終えると、俺たちを見回して一度確認を取る。ちゃんと理解できているか確認するのは大事だからな。

俺は頷いて自分の意思を示す。永岡少年の反応はないが、反論もしないので理解はしているのだろう。

それを見て、海斗くんは口を開く。

「じゃあ次は今後の対応についてだ。まず彼らに協力するかしないかを確認したい……俺としては、彼らに協力してあげたい。困っている人がいるなら助けたいんだ」

うんうん、まさに『勇者』って感じの子だなぁ。今回、俺はこの子の召喚に巻き込まれたって感じなのかな？

「桜はどう思ってる？」

「私も助けてあげたいな。わざわざ違う世界から勇者を呼ぶくらいなんだし、とっても大変なんだと思うから」

二次元オタク疑惑のある桜ちゃんも、この国の奴らに協力したいみたいだ。しかし疑うことはしないのか？　それとも本当に漫画やゲームの主人公だと思っている？

「じゃあ次。環はどう思う？」

「桜には悪いけど私は反対ね。『勇者の召喚』なんて言ってるけど、私たちの同意なく勝手に連れてきてる時点で、これって誘拐でしょ？　そんな人たちに協力したいとは思えないわね」

まあそうだろう。これがこの状況における正しい一般人の反応と言える。

でも二人とも迷うことなく答えてたな。ここまでは三人の中で話が済んでいたのか。

「次は……永岡。頼めるか」

「………」

海斗くんが、一人だけ離れた場所に座っていた永岡少年に話しかけたが返事がない。

永岡少年は腕を組み目をつぶっている。でもこれは寝ているわけじゃないな。寝ているにしては体勢がおかしい。

「おい、永岡！　大事な話なんだから寝るなよ！」

「あ？　……ああ。で、なんだって？」

「お前！」

その反応に、海斗くんは怒りを露わにして立ち上がる。が、その途中で横にいた環ちゃんに腕を掴まれ再び席に座らされた。

「落ち着きなさい海斗。今は話し合いの場よ……永岡君も、もう少し真面目に話を聞いてもいいんじゃないのかしら？　こんな状況なわけだし、みんなで協力——」

――ガタリ

環ちゃんの話の途中で永岡少年が椅子から立ち上がった。

「うるせぇよ、ここは学校じゃねぇ。それどころか、日本ですらない『異世界』なんだろ。何でお前らにグダグダ言われなきゃならねぇんだ。俺は勝手にやる。もうこんな糞(くそ)みてぇな話し合いになんか呼ぶんじゃねぇぞ」

「あ、待て永岡！」

海斗くんが引き止めるが、永岡少年は振り返ることすらなく部屋を出て行った。

バタンッとドアが閉まる音が部屋に響き、みんな無言になる。

どうしようか。彼との関係は聞かない方が無難か？

いや、ここで確認しておかないと彼らへの対応を間違えるかもしれないから聞いておこう。

それに少しでも秘密を知ることで、この子たちとの距離が縮まるかもしれないからな。まあそうだといいなっていう願望でしかないけど。

「……あー、彼と君たちとの関係を聞いてもいいかな」

「……そうですね。話しておかないと、ですよね」

それから海斗くんが話してくれた内容は少し長かったが、要約するとこんな感じだ。

永岡少年は学友をいじめていた。海斗くんはそれを止めた。二人は殴り合いにはならなかったものの喧嘩(けんか)した。以来、ことあるごとに対立している。

まあよくある……か分からないけど、話としてはよく聞く類のものだ。

「そうか。そういうことなら今後、彼のことは気をつけておくよ。とりあえず今は話を戻そうか」

「そうですね。ごめんなさい話が逸れてしまって」

「なに、気にしなくてもいいよ。俺も最初に時間を取ってもらったし。それで、次は俺の考えを言えばいいのかな」

「あ、はい。お願いします」

あっさりと流されたことが意外だったのか、海斗くんは驚きつつも頷く。

こういう話は深く入り込むと面倒だからね。あんまり積極的に首を突っ込みたくない。もちろん相談されれば対応するけど、今はまだ俺たちはそんな間柄じゃない。

それに俺は今、自分のことで精一杯だ。

なので、話を戻して今後について語る。

「俺の考えは協力するかしないかじゃなくて、協力するしかないと思う」

「するしかない、ですか？」

「そうだ。仮に協力しなかった場合、どうなると思う？」

「元の場所に帰してもらう……ではダメなのですか？」

環ちゃんが聞いてくるけど、それは無理だろう。

これまで読んできたラノベでも、帰還方法のない召喚は多かった。

創作の話だと言われればそれまでだが、しかし今起こっているのも創作みたいな出来事なのだ。そう考えれば、多少は参考になる筈だ。

俺は首を横に振る。

「それができればいいんだけどね。もしできなかったらどうする？」

「それは……」

「最悪の事態を想定しておいた方がいいと思うんだ」

「そうですね」

言い淀む環ちゃんに代わって海斗くんが頷いた。

「で、さっき協力するしかないって言った理由だけど……君たちは、今からこの世界で生きてください
って放り出されても、生きていけるかい？　スキルがあるとはいえ、その有効な使い方も知らず、この世界の知識も常識もない状態で、国王が助けを求めるような危険な存在がいる世界を、無事に生き残ることができるのかい？」

そう言うと誰からも反論がない。

海斗くんと環ちゃんだけじゃなくて、どこか楽観視していたような桜ちゃんすらも真剣に考え込んでいた。

このままいけるか？

「この国に協力するにしても出て行くにしても、俺たちは力と知識をつける必要がある。そのため

にも、最低でも二ヶ月程度はここで世話になる必要があって、その間には協力を求められるだろう……それが協力するしかないって意味だよ」

まあ正直、あの魔法使いの爺さんの知識もあるから、そこまで大変ではないと思うけどね。

「……その『最低でも二ヶ月』と言った理由はなんですか？」

「力にしろ知識にしろ、身につくまでにそれくらいかかるからだよ」

海斗くんの疑問にすかさず答える。

目の前の子供たちが俺にとって都合よく行動してくれるように、適当にそれっぽいことを言って彼らを騙す。

そのことに罪悪感がないわけじゃないけど、まずは自分の命が最優先だ。悪いね。

「体を鍛え始めて一ヶ月で変化が出てきて、そこから馴染ませるのに更に一ヶ月かかる。それに最低限の知識を身につけるだけなら短時間で済むけど、いざって時に間違えないような常識レベルになるには大体二ヶ月はかかるからね。本当は半年は欲しいところだけど……俺たちにはあの魔法使いの知識もあるから、二ヶ月で十分だと思うよ」

「なるほど。答えていただきありがとうございました。鈴木さん」

「これくらいどうってことないさ。それにそんなかしこまらなくてもいいよ。まぁそんなわけで、俺の考えとしては、今のところは彼らに協力するしかないと思う……そうは言っても、危険を感じたらすぐに逃げるつもりではいるけどね」

いた。

最後は冗談めかして言う。それを聞いて海斗くんと桜ちゃんは納得したようにうんうんと頷いていた。

環ちゃんは俺の説明について考えているようだ。ここで素直に騙されてくれると楽なんだけど……どうなるかな？

「貴重な意見ありがとうございました。やっぱり大人の人がいると違いますね」

「はは、まあ伊達に大人やってきたわけじゃないからね」

海斗くんが言うが、この子と桜ちゃんは素直すぎると思う。まあこんな状態だし、同じ状況にいる大人を信じたいんだろうけどね。いきなり知らない場所に連れてこられて、俺の言葉が本当か調べる方法もないんだから仕方ないとも思うけど。

でも、肝心の環ちゃんがまだ考えている様子だ。もうひと押し、何か言った方がいいか？

俺が悩んでいると環ちゃんは顔を上げて口を開いた。

「ひとまず結論をまとめましょうか」

異論はないので俺たち三人は頷く。

「これからの二ヶ月はこの国の人たちに協力して、その後の方針はまたその時に……ということでいいかしら？」

「ひとまずはそれでいいんじゃないかな」

「そだね。でもできることなら最後まで協力してあげたいな」

海斗くんと桜ちゃんの返事に、環ちゃんが頷く。

「それは私もそう思うけど、まずはこの世界における自分たちの安全を確保しないと」

どうやら彼女も、ひとまずは俺の言葉を信じたようだ。よかった。

この様子なら彼らからの信頼を得られただろう。いずれは彼らの輪の中に入れるようにならないと。

そう結論が出たところで、メイドが呼びにきた。

「どうやらもう夕食の時間のようだね」

「そうですね。ギリギリでしたけど話がまとまってよかったです」

「ほんとだよ。王宮でのご飯なんて初めてだけど、どんなのだろ？」

海斗くんに続いた桜ちゃんの言葉に、環ちゃんが呆れたようにため息を吐く。

「はあ、桜。あなたはもう少し危機感を持ちなさいよ」

「はは。まあでも、こんな時だからこそ危機感を持ちすぎない人が必要なのかもしれないね」

「そうだよ。私はこのままの私でいいの」

あまり真剣に考えられすぎても困るから桜ちゃんをフォローしておく。

するとそれに便乗してふんすっと胸を張る桜ちゃん。

……フォローした俺が言うのもなんだけど、やっぱり君はもう少し緊張感を持った方がいいと思うよ。

そうして俺たちは談笑しながら食堂へと向かった。

流石王宮、流石勇者の歓待。そう思えるほど豪華な夕食だった。

そうして食べたことのない料理を一通り楽しみ、いざ部屋に戻ろうとしたところで環ちゃんから待ったがかかった。

もう少し詳しい話が聞きたいと、王女に訴えたのだ。

「もし私たちがあなた方の願いを断った場合、元の世界に送り返してもらうことはできるのでしょうか？」

そんな環ちゃんの質問に、王女の答えは予想していた通りのものだった。

「誠に申し訳ありませんが、皆様を元の場所に戻すことは我々にはできません」

「そう、ですか……」

環ちゃんも覚悟はしていたんだろう、随分と素直に引き下がった。

にしても……『我々には』、ねぇ。

そう思っていると、意外なことに永岡少年が口を開いた。

「おい。あんた我々にはって言ったよな。ってことは、それができる奴がいんのか？」

不良は頭が悪いってイメージだったのに意外だな。気づくのは環ちゃんか海斗くんだと思ってたんだけど……桜ちゃんは、ほら、ね？　まあそんな感じだ。

そんな永岡少年の言葉に、王女は頷く。

「あくまでも、可能性があるというだけですが。元々皆様を召喚した魔術は、魔族の拠点を接収した際に見つけた文献にあったものを、人間にも使えるようにしたものなのです。ですから魔族の本拠地に行けば、皆様を元の場所に送り返すことができるかもしれません」

あー、そうきたか。

まあそうだよな、帰る方法がありません、じゃあ俺たちがまともに戦ってくれるか分からない。せっかく呼んだのに協力してくれなかったら意味がない。魔族の本拠地に本当に帰る術があるのかは分からないけど、ああ言っておけばやる気は引き出せるからな。

実はこの国が送還の術を作っている……なんてことはないか。わざわざ俺たちを送り返す義理なんてないもんな。

「他に何かございますか？」

そんな王女の言葉に、誰も何も言わない。

ある程度覚悟していたとはいえ、やはり魔族と戦わされるのだと分かってショックなのだろう。

「——それでは、明日からのご予定ですが……」

王女はそんな海斗くんたちを見回して、これからの予定を話し出した。

「さて、どうするか」

あれから解散して部屋に戻った俺は、ベッドに横になりながら考えをまとめる。

王女曰く、明日の朝からスキルの習熟訓練が行われるらしい。俺は何をすればいいんだよ。

……ともかく、元の世界に帰ることはもうできないだろう。

友人はいたけど、親友と呼べる奴も、そもそも親族もいないし……まあいいか。失踪なんてよくあることだ、誰も気にしない……なんだか自分で言ってて悲しくなってきた……

それよりも今後だ。本気で逃げるなら動くのは早い方がいいと思うけど、まだこの国の奴らがハズレかどうか——逃げた方がいいかどうかは確定じゃない。

怪しい言動は多々あるが、もし俺の勘違いでハズレじゃなかったら関係が悪くなってしまう。

だから見極めは確実にしないとなんだけど、時間をかけすぎても危ない。

……そうすると……一週間、はちょっと遅いか？　ひとまずは三日にしとくか。その間にハズレかどうかを見極めよう。

方針についてはまとまったので、次はスキルの訓練に入る。

……でもその前に、この部屋を監視している者がいるかどうかを知りたい。もし監視されているようなら訓練の内容を見せるわけにはいかない。

というわけで、どうやって探すかだが……当然、俺にそんな技能はない。というか普通に暮らしていて身についているわけがない。

だけど俺には考えがある。成功するか分からないが、漫画とかアニメとかでよく見る方法を使うのだ。

まずは魔力を体外に放射して、その反射を調べるという方法を試してみる。エコーみたいなやつだな。

魔力の扱い方なんて教えてもらっていないが、脳内の知識を参考にしてみよう。

リラックスできる姿勢なら何でもよさそうだが、せっかくなので坐禅（ざぜん）を組む。気分の問題だ。

やってみると意外とすぐに魔力を感じることができたので、その魔力を身体に巡（めぐ）らせ、放つ。

だが魔力を放つこと自体はできた一方で、探知は何度やっても失敗してしまう。

どうやら魔力は、体外に放射すると不安定になり空気に混じってしまうらしい。だから、魔術という形を与えて使っているのか。

……ということを何度も失敗した後に脳内辞典で確認した。初めからよく調べておけばよかった。

いや、これは失敗じゃない。俺が持っているのはあくまでも知識であり、今後この経験がどこかで役に立つことがあるかもしれない……そうだといいな。

よし、気を取り直して次にいこう。

次に試すのは、呼吸と共に空気中の魔力を取り込み、体内を循環（じゅんかん）させ、吐き出し、また取り込み……と繰り返す方法だ。

自分と世界を同化させていくようなイメージで、空気中の魔力と自分の魔力を同調させていく。

エコーみたいに魔力を放つんじゃなくて、魔力自体を薄く広げていくイメージだろうか。

吸って、循環、吐く。吸って、循環、吐く——

最初は中々慣れなかったが、やってると徐々に楽しくなってきた。

ちょっと微睡(まどろ)んでいる時の心地よさに似てるんだよな。

それから一心に繰り返していると、何かが俺の中に入ってきたような感覚があった。

なんだよ、せっかく人が楽しんでいたのに邪魔するなんて。誰だよ。

感覚があった方を睨(にら)むがそこには何もない。なんの変哲(へんてつ)もない天井があるだけだ。

いや、そもそもそこは俺の中なんかじゃ無い。どうやらまだ微睡みから抜けきっていないみたいだ。

しかしだんだん、その感覚は人型を帯びてきた。

なるほど、天井の裏に隠れてるのか？　やっぱり監視はいたんだな。

……それにしてもおかしい。これだけ意識がはっきりしているのに、まだ微睡みの心地よさが覚めない。

坐禅をといて立ち上がるが、やはりまだどこかフワフワしている。

風に当たるために窓を開けると、俺が溶けていくような気がした。

もちろんそんなことはなく、すぐに意識がはっきりとした。

んー？　さっきのは何だったんだ？　俺が溶けていくような感覚。あれだけじゃなくて俺が広がったような感覚も……

ああ、あれが自然と同化する感覚なのか。ちょっと怖かったけど心地よかったな。

それにしても意外と早くできたな。

……って、なんか明るくないか？

窓の外、遠くの空に朝日が昇っている。

つまり俺は、一晩中特訓していたのか。いやー、俺はなんて真面目なんだ。こんなにも訓練をするなんてー……途中から意識なかったけどさ。

まぁ冗談はさておき、やっぱり監視はいたんだな。どうやって監視を外すかは考えないといけないけど……

それに、さっきの探知の方法。いちいちあんな感じになってたんじゃ、普段使いはできない。もっと気軽に使いこなせるようになれば、立派な武器になるだろう。

そう思っていると、ドアがノックされた。

――コンコン
「おはようございます。スズキ様。起床のお時間となりました。起きていらっしゃいますか？」

この声は……アリアンか？　わざわざ起こしにきたのか。

「はい。起きてます」

信用はできないけど、とりあえず友好的でないといけないので、返事をしてドアを開ける。

「おはようございます。朝の御支度のお手伝いに参りました」

着替えの服を持っているアリアンがいる。手伝ってもらうことはないんだけど、あんまり邪険にしすぎるのも問題だろうから頼むことにした。

「おはようございます、アニストンさん。ではお言葉に甘えさせてもらいます」

部屋に招き入れて着替えを手伝ってもらったけど……正直恥ずかしかった。

これが普通だって言う人たちの感覚は分からないし、ご褒美だって言う奴らにも共感できない。

まあ多少はね、俺も男だし理解はできるんだけど、一度体験したらもういいかなって感じだ。

恥ずかしい着替えは終わったが、まだ朝食まで時間があるとのことなので話をする。少しでも新しい情報が手に入るといいんだけど。

「そろそろ時間ですので食堂へ参りましょう」

「そうですか」

——結局新しい情報は何も手に入らなかった。既に脳内辞典で知っていることばかりだ。

食堂に行くと他には誰もおらず、俺が一番乗りだった。

もう少しゆっくりしてもよかったかもしれないけど……特に話すこともなかったし仕方がないか。

昨夜の自主訓練の反省をしながら待っていると、永岡少年がやってきた。

意外だな。この子の態度を見てると、最後でもおかしくはないのに。

もしかしたら、一番警戒しなくちゃいけないのは、真面目な環ちゃんじゃなくてこの子かもしれないな。

「おはよう」

とりあえず挨拶をしても、こっちを一瞥するだけで返事はない。うん。そんな気はしてた。

そうこうしているうちに他の三人がやってきた。

「「おはようございます」」

「……おはよう、ございます」

海斗くんと桜ちゃんは普通だけど、環ちゃんだけなんか眠そうだな。朝弱いのかな？

三人が席について一息ついたので聞いてみる。

「ああ、おはよう。滝谷さんはなんだか眠そうだけど、眠れなかったのかい？」

「あ、いえ。その、私朝はそれほど強くないので……」

そこで王女がやってきたので話をやめてそちらを向く。

「皆様おはようございます。昨夜は何か不備はございましたでしょうか？」

不備って言っても俺そもそも寝てないし。まあほとんど寝てたようなものだけどあれは訓練だから。あくまでも訓練だから。

それでも、少し横になっただけでベッドがかなりいいものだってのは分かった。

「不備なんてありませんでした。むしろ、あんなにいいものを使って本当にいいのか不安になるくらいでした」

「そう言っていただけるとありがたいです。今後も何かありましたら遠慮なく言ってくださいね」

話しているうちに朝食の準備が終わったようだ。脳内辞典だと、この世界の庶民の朝食はもっと質素なんだけど……やっぱり金かけてるなぁ。それとも俺たちを歓待するためにちょっと頑張ってるのかな？

「それでは食事が冷めてしまいますので、お話はまた後にいたしましょう」

王女のその一声で、俺たちは食事を始める。

うまい！　こんなうまい朝食はいつ以来だろう。そもそもまともに朝食をとったのはいつだったっけ？

うん、これだけでもこの世界に連れてこられた価値はあるな……このまま殺されなければ、だけど。


食事を終えた俺たちは、いかにも訓練場っぽい場所に連れてこられた。

周りを壁で囲まれた砂の広場に、何かを擦ったような跡。近くに立てかけてある武器類。

そして目の前には、筋肉モリモリの武装した厳ついおっさんと、俺たちを召喚して脳内辞典の基になった魔法使いの爺さん——ヒースさんがいた。

「これより、皆様にはスキルを使いこなすための訓練をしてもらいます」

おっさんがそう言うが、俺、スキルないんだけど。

「すみません、私はスキルが使えないのですが、どうすればよいでしょうか」

「む？　ああ、スズキ殿には別のことを行ってもらいます」

なるほど。ちゃんと俺のことも考えてくれてたわけか。俺たちを利用するためだろうから、ありがたくも何ともないけど。

「担当は私ではなく、こちらの方になります。この国の最高位の魔術師です……では後はよろしくお願いします」

「うむ。任された……スズキ殿、こちらへ」

爺さんに促され、俺は海斗くんたちから離れた場所へ移動する。

この爺さんが担当ってことは、魔術の訓練だろうか。

「お主にはこれより魔術の訓練を行ってもらう」

爺さんはそう言って、空中に黒い渦のようなものを作る。そしてそこから不思議な色合いのガラス板っぽいものを取り出した。

今のって収納？　でもスキルは勇者しか使えない筈だし、収納の魔術、かな？

「人は誰しも、最低一つは魔術を使うことができる。これは触れた者の使用可能な魔術を表示するものじゃ。ほれ、手を出しなさい」

恐る恐るそのガラス板に手を乗せると、一瞬だけ光ったと思ったらもう文字が映っていた。

「……ふむ。これは……ふむ」

なんだ？　何か問題でもあったのか？　……もしかして魔術も使うことができないとか？　だとしたらまずくないか？

「あの、何か問題があったのですか？　魔術が使えないとか……」

「む？　いや、魔術を使うことは可能じゃ。通常であれば珍しく、喜んでもいいものじゃが……」

なら何が問題なんだ？　珍しい魔術が使えるのならいいことなんじゃないのか？　利便性はどうか分からないけど、喜んでいいものっていうくらいなんだから。

悩んでも分からないので、とりあえず聞いてみるか。

「えっと、どういう意味ですか？」

「……お主が使うことのできる魔術は一つだけじゃ。その魔術は『収納』。先ほども言うたが、通常であれば喜んでいい類の魔術じゃ。しかしお主は勇者であり収納スキルを持っている。そして魔術は、総じて勇者の持つスキルより性能が低い……故に、はっきり言ってお主の魔術には意味がない」

……おい。嘘だろ神様。何てことしてくれたんだよ。

訓練開始から早三日。

そろそろ行動しないとまずいかと思いながらも、訓練を終えて夕食をとる。

うん。相変わらずうまいのだけが救いだな。

結局あれから、いくら訓練しても収納魔術以外まともに使えなかった。

そしてスキルだけじゃなくて魔術も使えないとなると、ここの奴らの態度も変わってきた。

海斗くんたちとはそれなりに仲良くすることができているので、そのおかげなのか露骨（ろこつ）な態度はとられないが、小さなところで見下されているのが分かる。

海斗くんたちはあからさまに俺を見下すようなことはないが、永岡少年はここの奴らと同じ目をしていた。

このままでは俺は処分される可能性がある。

ということで、部屋に戻った俺はアリアンを呼び、王女に言伝（ことづて）を頼んだ。

その間にできる限りの準備をしておく。必要にならないことを祈るが、備えておくに越したことはない。

そしてアリアンが戻ってきたようなので、呼びかけられる前にドアを開けた。

この三日間、自主訓練したおかげで、ごく短時間であれば普通の状態で探知を行えるようになっている。

それを使ってもう一手、布石を打っておこう。

アリアンに連れられて王女の部屋の前に到着した俺は、心の準備をするために深呼吸をしようとして——

「スズキ様をお連れいたしました」

その瞬間にアリアンがドアをノックしてしまった。

いやまぁ、部屋で覚悟はしてきたんだけど……それとこれとは話が別だ。もう少し待ってほしかった。

何もしていないのに、すぐにドアが勝手に開く。王女付きのメイドが開けたらしい。

「どうぞ。お入りください」

王女の声に応じて部屋に入る。

うわっ。この部屋やばいな——置いてあるものが、じゃなくて潜んでいる者が、だ。

一瞬だけ探知を使ったんだけど、部屋のあちこちに隠れてる奴がいる。いざって時に俺を処分するためだろうな。早速胃が痛くなってきたよ。

椅子(いす)を勧められたので、慌てず焦らず、慎重に座る。

「勇者であるスズキ様からお話があるというのは光栄に思います。ですが、あえて言わせていただくならば、女性の部屋を訪ねる時間は選んだ方がよろしいかと」

「それは申し訳ありません。ですがこの時間でないと、王女殿下もですが私も時間が取れないものでして——それでは時間もないことですし、本題に入ってもよろしいですか?」

もう少し回り道した方がいいかもと思ったけど、無理。

俺みたいな一般人に、王女との化かし合いなんてできるわけがない。なので色々とボロを出す前に片付けてしまいたい。

「はい。言伝では勇者様方の今後とスズキ様の能力についてとお聞きしましたが……スキルに目覚めたのですか？」

「いえ。固有スキルが使えるようになったわけではありません……私が話したいことは、正確にはあなた方の思惑と私の役割についてです」

俺がそう言い切った瞬間、王女の目が一瞬だけ鋭くなった。

うん。やっぱりこの反応だと、俺たちを利用しようと考えてたってのは当たりだろうな。

もしかしたら～、なんて思ってたけど最後に確信が持ててよかったよクソッタレ。

「わたくしたちの思惑とスズキ様の役割、ですか？　申し訳ありませんが、おっしゃっていることの意味がよく分からないのですが。我々の願いと皆様に求めていることは既にお話しした通りです」

「それが本当に言葉通りならそうですね。ですがそれは違うでしょう？　あなた方が我々に求めていることは、確かに『敵を倒すこと』なのでしょうが、その本質は違う。あなた方が求めているのは戦争に使える便利な『駒』でしょう」

「……わたくしたちはそんな風に思われていたのですね。確かに広義の意味ではそうでしょう。魔族とわたくしたちの戦争。そう捉えられても仕方がありません。ですが決して――」

「弁明の最中で申し訳ありませんが、私は既に確信しているので、それ以上の言葉は無駄（むだ）です」

今更こいつらの言葉を聞いたところで意味なんかない。

だいたい、俺みたいなのがこんな偉い奴と交渉しようなんて無茶な話なんだ。だったら、最初から最後まで一本芯を通さないと結果を出すことはできない。

「……そうですか。ではその確信しているという理由をお教えいただけませんか？」

俺は少しでも侮られないように、重々しく頷く。

「まずはこの国の皆さんの『目』と『態度』ですね。この世界に来る前、よく見てたんですよ。他人を道具のように扱っていた者。自身が上だと確信し、他人を見下す者。そんな者たちと皆さんの目はそっくりです」

こいつらも目は元の世界の『上』の奴らと似ている。異世界に来てまで見たくなかったよ。

「特に最近は私に対しての対応が他の勇者よりも悪くなっていますし。大方、スキルだけでなく魔術も使えない『出来損ない』、とでも思っているのでしょう？」

「それが本当なら不快な思いをさせてしまって申し訳ありません。ですが、失礼ながらその程度ならば、スズキ様の勘違いでは？」

王女は飄々とそう言うが、俺は言葉を続ける。

「そうですね。では次に我々につけられたメイドですが、彼女らは監視役ですよね」

「何をおっしゃられるのです。彼女らはわたくしどもの都合で連れてこられた皆様に、ご不便をおかけしないようにと、せめてもの償いです」

「へえ。じゃあ彼女たちは、我々を監視するためでも暗殺するためでもない、戦闘力を持たない『ただのメイド』ということですか？」

「ええ、その通りです。彼女たちが皆様に気に入られれば我が国のためになる。確かにそう思ってはいましたが、あくまでもそれだけです。監視などではありませんし、ましてや暗殺など……」

監視と暗殺のことは否定してるのに、こっちが言ってないハニートラップのことは認めるのか。

他のことをばらして目を逸らさせようって感じか？

まあ、戦闘力がないって主張は言質(げんち)が取れたしいいか。

「そうですか……おや？　ですが、それだと分からないことがありますね」

「分からないこと、ですか？」

「ええそうです。今ドアの外で待っている、私につけられたメイド。彼女を呼んでもらってもいいですか？」

王女が頷いたので、外で待機していたアリアンを呼んでもらい質問を始める。

この質問で武器が手に入るかもしれないんだから落ち着いていけ。

慎重に、慌てず、余裕を見せていけ。

「アニストンさん。あなたは魔物と戦えますよね？」

「えっ!?」

「それは……」

アリアンと王女、二人とも動揺（どうよう）している。

「どうしました。答えられませんか？　それと王女殿下はなぜ驚いているのです。聞かれてはまずかったでしょうか」

そう言って二人の顔をしっかり見ると、どこか取り繕ったような笑みを浮かべていた。

今どう答えるのが正解か考えてるんだろうけど、正解なんてないよ。

肯定と否定、どっちを選んでもハズレだ。

アリアンが『戦える』って答えたら、それは王女が嘘をついたってことになるし、『戦えない』って言われても、追い詰めるだけの情報がこちらにはある。

まあ、多分戦えないって答えるだろうな。

「……いいえ。確かに最低限の戦闘訓練は受けたことがありますが、その程度です。精々が襲われた時の時間稼ぎができるくらいでしょう」

「ダウト」

「「えっ？」」

おっと。アリアンが思い通りに答えたから思わず声が出ちゃった。

「ああ、すいません。今のは我々の世界の言葉で『嘘つき』を表す言葉なんですよ」

「……私は嘘などついておりません」

まあここは否定するだろうな。

「そうですか？　ではあなたの歩き方は何ですか？　体の重心がブレず、足音も立たない。以前、俺が一般人なら届かないギリギリのところに壺を落とした時、貴方はだいぶ余裕を持って受け止めていましたが、アレは何だったんです？」

「……」

俺の言葉にアリアンは沈黙するが、実際のところただのハッタリでしかない。

歩いている時の後ろ姿が綺麗だな、なんて思ったけど、歩き方なんて素人（しろうと）の俺に分かる筈がない。

壺だって、たまたま俺が落としちゃったのを受け止めただけだ。

だけどこの状況なら、もしかしたらって思うだろう。

「……そういうこともあるでしょう。ただの偶然です。たまたま間に合っただけ。そうですよね。アリアン」

「はい。もう一度やれと言われても次はできないでしょう」

アリアンは何も言えなかったけど、ここで王女がフォローするのか。

まだ逃げ切れると思ってるのか？　それとも遊んでるだけか？　どっちか分からないけどこのまま行くしかないな。

「じゃあその体中に仕込んでいる武器は何でしょうか。戦えないのでしょう？　必要ないではありませんか」

アリアンがピクリと反応した。

「……何のことでしょうか。武器など持っておりません。必要とあらばこの場で脱いでお見せしますが」

「男としては嬉しい申し出ですが、やめておきましょう。脱いだところで、パッと見ただけでは分からないでしょうし」

　そう。本当に嬉しい申し出ではあるけど今はそういう時じゃない。

　今まで仕事でそういう時間が取れなくて経験がないから臆しているとかでは決してない……ここから逃げ出すことができたらそういうお店に行こうかな。

「実は、皆さんだけでなく他の勇者の子たちにも黙っていたのですけれど、私はちょっと特殊な能力があるんですよ……カフスの裏に針。ボタン型の魔術具。スカートに縫い付けてある小さな刃物。他にも服のあちこちに細かな部品を隠しているようで」

　さっき部屋を出る前に探知を行ったのは、これを確認するためだった。訓練のおかげで、物体の形状や素材まで、ある程度探知できるようになったのだ。

　更に「そちらの方も」と言って、部屋に控えていたメイドに視線を移す。

　まあこっちはハッタリだ。さっきの一瞬の探知じゃ、そんなことまでは分からなかった。

　とはいえアリアンが武器を隠しているんだ、王女つきのメイドが隠し持っていないわけがない。

「戦う力はなかったのではありませんか？」

　そう言って見つめると、苦々しい表情を浮かべる王女。

よしよし、ここまではけっこうすんなりいったな。でもこのままじゃ「余計なことを知ったからには死んでもらおう」となってしまうから、その前に畳（たた）みかけないと。

「……さて、本題に戻りましょうか。ちなみに、今のことは他の勇者には話していません」

「……そうですか。ですが、少し調子に乗っていませんか？　貴方が知っている通り、この者たちは一流の暗殺者ですよ。貴方ごとき、すぐにでも殺すことができることをお忘れではありませんか？」

そんな王女の言葉と共に、首に当てられる刃（やいば）。多分やっているのは後ろにいたメイドさんだろうな。

このまま殺されるのではという恐怖を押し殺して、王女の言葉に答える。

「忘れていませんよ。ただ確信しているだけです、あなたがそんな悪手は打たないってことを……ここで俺を殺せば、他の勇者からの信頼は失われる。そうでしょう？」

その答えに、王女はまたも苦々しい顔をする。

そして彼女が手をさっと払うと、俺の首に当たっていた刃が退けられた。

一息つきたいところだが、隙を見せるわけにはいかない。何があっても余裕そうにして、全て俺の手の平の上だと思わせないと。

「ありがとうございます。それで本題ですが……簡単に言ってしまえば、『勇者たちを駒として動かすのを手伝うから、俺の命を守ってほしい』ってことです。ああ、あと『俺の行動に便宜（べんぎ）をはかる』ってのも追加で」

「……それは、他の勇者を裏切ることになりますが、構わないのですか？」

「何を言っているんですか？　一番大事なのは自分の命です。家族や友人知人の安全なんて、自分の安全を確保してから守るものでしょう？　ましてや同じ境遇とはいえ、会ったばかりの他人のことなんて考えるだけ無駄でしょう」

流石に本気でそう思っているわけではないが、『俺』という人間を誤解させておいた方がよさそうなので色々と誇張して話しておく。

実際のところ、勇者の子たちは固有スキルも持ってるし、いざとなれば逃げ出すくらいはできるだろうと思っている。そもそも、俺には他人を助ける余裕なんてないのだ。

薄情かもしれないが、それで自分が死んだら意味がないしな。

「それで、どうします？　今ここで俺を殺して、勇者たちの信頼を失いますか？　それとも俺を駒として使いますか？」

「……わたくしたちの駒として動くことの代償に、命を保証することは分かりました。ですが、貴方に便宜をはかるとはどういう意味でしょうか」

「ああ、それも結局は身の安全に関係することですよ。駒として動いた結果、仮に手足がなくなっても『命は守った』と言われてはたまりませんからね。怪しいと思ったことを拒否できるようにしたり、俺が必要だと思ったものを用意したりしてほしいのです」

その要求に、こちらを睨みながら無言になる王女。

きっと、彼女の頭の中ではこの取引や今後の展開について考えられているんだろう。

胃が痛くなってくるが、ここで慌てるわけにはいかない。

そうして待つことしばし、内心冷や汗を流していると王女が口を開いた。

「……いいでしょう、貴方の提案に乗りましょう」

俺はホッとした態度を見せないようにしつつ頷く。

「ではこれからは協力者ということですね。約束は守ってもらいますよ」

「ええ、分かっています。ですがその言葉はそっくりそのままお返しいたします。契約が済みましたら、早速ですがわたくしのお願いを聞いてもらいますよ」

本当に早速だな。はてさて、何をお願いしてくることやら。

「こちらにサインをお願いします」

「これは……契約書？」

「そうです。それは一度サインをすれば、契約を破ることができなくなる魔術がかかっています」

なるほど。これで俺を縛るつもりか。

書かれていた内容はこんなものだった。


ハンナ・ハルツェル・ハウエルはアキト・スズキの命及び生活の安全を守らなくてはならない

アキト・スズキはハンナ・ハルツェル・ハウエルの願いを叶えなければならない
ハンナ・ハルツェル・ハウエルとアキト・スズキの立場は対等である
ハンナ・ハルツェル・ハウエルとアキト・スズキの両名は、お互いを裏切ってはならない

これは酷い。

『対等である』なんて言っているけど、これじゃあさっき言っていた俺の拒否権が入ってないじゃないか。

「これだとサインはできませんね。先ほどの、あなたからの『お願い』に対する拒否権が保証されていませんよ」

「あら。これは申し訳ありません――では、これでいかがですか」

王女はしれっと、俺が言った条件を付け足して、再び紙を見せてくる。

うん、これなら問題なさそうだけど……

契約書に使っている紙から察するに、まだまだこちらを信用していないんだろうな。

というのは、脳内辞典によると、契約書の魔術具は、紙の品質によって効果時間が違うらしく、最短のもので二ヶ月なんだとか。

さっきの紙の質はそこまでよくなかったので、その二ヶ月のものである可能性は高い。

つまり、この二ヶ月は安全が確保される代わりに、そこで俺がうまく立ち回れなかったり用済み

になったりした場合、契約が切れた瞬間に殺される可能性もある、ということだ。

しかも、普通なら伝える筈の契約の期間について、王女は口にしなかった。無期限の契約だと俺を油断させておいて、二ヶ月後にいきなり暗殺、なんてことを狙っているのかもしれない。

まぁ、王女は俺に契約書の知識があることも分かっている筈なので、あえて期間を説明しなかったのかもしれないが……

ともかく、期間を告げなかった時点で、俺を騙すつもりであることは確定だろう。

……ま、契約が罠であることはこっちも同じだから、いいんだけどさぁ。

契約書に書かれた名前は『鈴木彰人（スズキアキト）』。

しかしそれは偽名であって、俺の本当の名前じゃない。

つまり俺――『安堂彰人』が契約を結んではいるが、契約に縛られるのは架空（かくう）の存在である『鈴木彰人』で、『安堂彰人』は自由に行動することができるのだ。

逆に言えば、向こうも『安堂彰人』を保護しなくてもよくなるから、慎重に行動しないといけないんだけど……

いずれにせよ、二ヶ月も待たずにここを出た方がいいことには変わりないかな。

そんなことを考えながら、契約書を確認して頷く。

「ええ。これならば構いません」

「そうですか。ではここに血を使ってサインをお願いします」

また血か。

いや、知識では分かってるんだよ。どんな生き物であれ、血の中に魔力が宿っている。その魔力の質の違いで契約相手を認識してるって。

……でもさぁ、やっぱり痛いのは嫌じゃないか。

それに他の懸念もあるし。

「どうかしましたか？」

「いえ、魔術の契約書なんて初めてでして……申し訳ありませんが、先にやってお手本を見せてもらえませんか」

「自分の血を使ってただ名前を書くだけなのですが……まあいいでしょう」

王女は呆れたようにそう言ってから、道具で血を抜いて契約書に名前を書いていく。

それを見た俺は、どうやら契約書は偽物ではなさそうだと安心した。

ほら、血を使ってサインした瞬間に隷属することになる……なんて罠の可能性もあったからな。

そして俺にも王女と同じように道具と紙が渡されたので、名前を書く。

もちろん、サインの名前は『鈴木彰人』だ。

「うわっ！」

俺がサインした瞬間に契約書が燃え上がり、跡形もなく消えてしまった。

なにが起こったっ！　俺は何かミスったのか!?

「フフフッ」

そう焦っていると王女の笑う声が聞こえた。

反射的にそっちを見ると、王女は純粋に楽しそうにしていた。

それを見て、今の現象と俺の反応が、彼女の予想通りだったのだろうということが分かった。

「酷いですね。こうなるのであれば、あらかじめ教えていただいてもよかったのでは？」

「フフッ。申し訳ありません。本当なら、わたくしがサインした後に燃える筈でしたので、失念しておりました」

これは「お前が余計なことをしなければよかっただけだ」という意味だろうか？

確かにそう言われるとそうなんだが、そもそも信頼されないような行動をしているお前らが悪いと思う。

「……これで契約は終わったのですよね？」

「はい。これでわたくしたちはあの契約書通りに協力し合い、お互いを裏切ることができなくなりました。長い付き合いになりますし、これからは仲良くしましょう」

王女がにこやかに差し出してくる手を、少し悩んでから握る。

急に友好的な態度になったのは違和感しかないが、握手を拒んで怪しまれるのも、こちらとしては避けたい。

「これにて契約は完了しましたが、何か他にありますか？」

「いえ、特にはありませんので、これで失礼させていただきますね」

ここに来た目的は達成できたからと俺は立ち上がろうとしたが、王女に引きとめられる。

「ああ、わたくしから一つお聞きしたいことがあるのですが……もし、貴方の提案をわたくしが蹴っていた場合はどうするつもりだったのですか？　その可能性も考えていたでしょう？」

もちろんだ。

「ええ、その場合は殺されていたでしょうね……ただ、こっちにも意地があります。みすみす殺されるつもりはありませんでしたよ。せめて王女であるあなたくらいは道連れにしてみせます」

「できるとお思いですか？　いえ、そもそも死ぬ覚悟をしてきたのですか？」

「逆に聞きますが、していないと思っているのですか？」

俺の言葉に王女が目を細めるが、ハッタリだ。死ぬ覚悟なんてしていない。

ただ、ここでそれを悟られるわけにもいかない。

「なるほど……その道連れというのは、この場にいる彼女たちが戦えると予想していた時どころか、それを知った今でもなお、できるとお思いで？」

「ええ。相打ち覚悟であれば、天井や壁の向こう、クローゼットやベッドの中にいる人たちが加わっても可能でしょう。そもそもこの部屋自体、王女様のお部屋ではないようですから、色々と仕掛けもあるのでしょうが……あなたを殺すぐらいはどうにかしてみせます」

俺の言葉で、部屋中に緊張が走った。

だいたい、いくら勇者とはいえ王女の本物の部屋に通されるわけがない。

万一に備えて、人が隠れていたり攻撃力のある罠があったりしてもおかしくないのだ。

当然王女としては、そのことがバレていないつもりだったのだろうが……俺には探知があるからな。

部屋のことを見抜いたことでまた警戒されたかもしれないが……むしろ「スキルはないが、違う不思議な力を持っているかもしれない」と認識してもらった方が、有用だと思われる可能性もあるしな。

まぁ、フォローはしっかりしておこう。

「とはいえ、私も少々調子に乗りすぎたと反省しています。小動物が自分の命を守るために足掻(あが)いているんだと思って許してください」

「……いいでしょう。ですが次からは気をつけてください」

「ええ。分かっています。もうこんな脅しみたいなことはしませんよ。なにせ私たちは、これからは仲間なんですから」

俺はそこまで言うと、改めて立ち上がる。

ドアノブに手をかけて、出ようとしたところで一つ思い出した。

「ああ、最後に。俺につけてる監視、外してください。まさか仲間を見張るなんてことはしませんよね？」

「……ええ、もちろんです。わたくしたちは仲間ですから」

王女は一瞬ためらった様子を見せたが、すぐに笑みを浮かべて頷いてくれた。

そうして俺は今度こそ、部屋へと戻っていった。


俺は自室に戻ってくると、監視がいないことを確認してからベッドに倒れこむ。

「はあぁぁぁ。疲れた。俺みたいな一般人にあんな話し合いなんて、荷が重すぎるんだよ」

今回はうまくいったけど、それは相手が俺のことを舐めていたからだ。

次からはこんなにうまくはいかないだろうな。

まぁそれはともかく今日はもう寝よう。後のことはまた明日考えればいい。うん。そうだそうしよう。

というわけで、おやすみなさい。

第2章　スキルの発現!?

さて、時は流れ王女と密会してから早一週間。

スキルや魔術だけではなく、騎士を相手に剣や盾なんかの特訓も始まっている。

そして貴族から俺に向けられる目が変わることはなかった——が、その平穏も崩れそうになっていた。

それはいつものように訓練をしていた時のこと。

「やってられっかよっ！　俺たちは敵をぶっ殺すために呼ばれたんだろ！　なんでこんなとこでずっと訓練なんかさせられてんだよっ！」

永岡少年がそう叫んだ。

この軟禁とも言える状況に、とうとう嫌気がさしたようだ。

召喚されてからの十日間、寝て起きて訓練してまた寝る、っていう生活をしていたんだから、これでもよく持った方だと思う。

他の子たちも同じだ。文句こそ口には出していないものの、その顔には不満がありありと浮かんでいた。

俺？　俺は問題ないよ。こんなの、寝て起きて仕事してまた寝るっていう肉体労働(しごと)が肉体労働(くんれん)になっただけだからね。

うん。なんの問題もない。

といっても、このままの状態が続くと勇者くんたちは駄目だろうし、俺としてもゆっくりしている余裕はないから、今夜あたり王女に会ってみるか。

でもその前に、海斗くんたちと話をした方がいいかな。

そう思って、海斗くんと桜ちゃん、環ちゃんが固まっているところに近づいていく。

「君たちもやっぱり外に出たいかい？」

「鈴木さん。ええ、まあ。そうですね。城が広いと言っても、流石に息が詰まりますね」

「そうだよねぇ。普段の訓練が大事っていうのは部活も一緒だから分かるんだけど、せっかくなんだしモンスターと戦ってみたいよね」

「桜はまたそんなこと言って。外には国が危険視するような怪物がいるのよ？　いくらスキルを持っているって言っても、できる限り安全に行動するべきよ」

相変わらず環ちゃんは『命を大事に』を基本方針にしてるな。

普通であればその考えは正しいんだけど、それだと俺が困る。

なにせ俺が逃げ出す準備をするためにも、一度外の状況を確認したい。

そろそろ動いて新しい情報を仕入れないと、脱出の計画も中々立てられないだろう。

というわけで、環ちゃんの説得を試みる。

「でも環ちゃん。訓練するにしても一度は『敵』の姿を見ておいた方がいいんじゃない？」

「それは……そうですね。いずれは戦わなくてはいけないんですし」

渋々ながら納得した環ちゃん。いや、覚悟ができていないだけであって、このままではいけないことは前から理解はしていたんだろう。

あ、ちなみにこの一週間の間に勇者三人組の子たちのことを名前で呼ぶことができるようになりました。それだけ信頼関係ができたってことだろう。よかったよ。

まあ、その信頼を裏切ることになるかもしれないから心苦しくはあるんだけど、自分の命には替えられないからしょうがないよな？

「そうか……じゃあ、できる限り安全を確保した上で魔物退治に行けるように、今夜にでも王女様に頼んでみるよ」

「えっ!?　そんなの悪いですよ！」

「いいっていいって。これからのことを考えると、俺は戦いでは役に立たなそうだし。せめてこういうところで活躍しないと心苦しくてね」

「やった！　鈴木さんありがとうございます！」

桜ちゃんは素直に喜んでいるが、環ちゃんは表情を曇(くも)らせたままだ。

「えっと、その……大丈夫なんですか？」

なにが、とは言わないが、環ちゃんは賢い子だし、俺が王女に直訴（じきそ）することで立場が悪くなるんじゃないかと心配してくれているんだろう。

でも大丈夫。なにせ、俺と王女は**仲間**なんだから。

「ああ、任せておいてくれ。俺自身も外に出てみたいしね――それに、成功する当てはあるんだ」

肩をすくめてそう言うと、環ちゃんは眉間の皺（しわ）を消してお礼を言ってくる。

「……そうですか。あの、ありがとうございます」

……本当にこの子たちを見捨ててもいいんだろうか？

この一週間で仲良くなって、人となりだって分かってきた。

なんだか本当に、そんなことをしていいのかって気持ちになる。

だがここで迷ってはいけない。まだ自分の逃走の準備さえできていないんだから。

せめて準備が整ってから考えることにしないと。

……でも、できることなら、万が一の時、この子たちが逃げられるように手助けの用意くらいはしておこう。

「気にしなくてもいいよ。さっきも言ったけど外に興味があるし――まあなんにせよ、今は訓練を再開しようか」

訓練を中断しているためか、こちらを睨むように見ている騎士を指差して言う。

「そうですね。外に行くのなら訓練も重要ですし」

そうして各々訓練へと戻っていった。

そういうわけでやって参りました、王女の自室（偽）前。

あれから訓練を終えたところで王女に連絡を取って、夕食を終えてからアリアンと一緒にここまで来たのだが……やっぱり緊張するな。

――コンコン
「どうぞ、お入りください」

俺の緊張など関係なしに部屋のドアを叩くアリアンが恨めしい。

まぁ、緊張して動かないまま、なんてわけにもいかないからありがたくはあるのだが……

俺は入室して席につくと、すぐに頭を下げた。

「夜分に申し訳ありません。王女殿下」

「構いませんよ。わたくしと貴方の仲ではありませんか」

「そう言っていただけるとありがたいです。お時間を取らせてはいけませんし、早速話に入りたいと思いますが、構いませんか？」

「ええ。本日も勇者様方に関してのお話と聞いていますが？」

柔らかい言葉に反して、目つきは鋭い。

『また何か脅しに来たのか？』とでも言いたそうだけど、無視だな。

「ええ、その通りです……といっても、前回のような話し合いではなく、今日は少々ご相談があるのです」

「……続けてください」

「ありがとうございます。相談というのは私たち、というより勇者たちを外に出してほしいということです。このままでは少々まずいかと」

俺の言葉にピクリと反応する王女。

その反応はごく僅(わず)かなもので、探知を使った上で注意深く見ていなければ分からなかった。

「まずい、ですか。具体的にはどのように？　あなたは何をもってそう判断したのですか？」

「彼らはまだ子供です。元の世界では、命の危険どころか怪我の心配もほとんどないような生活をしていました。五日間学校に通い、終われば友人と遊び、二日間休む……そんな生活をしていた彼らが、いきなりこんなところに呼ばれ、日が昇ってから沈むまでずっと訓練させられているのです。むしろよくもっている方でしょう」

俺は「このままでは不満が爆発します」と肩をすくめてみせる。

すると王女は別のことに引っかかったようだった。

「子供？　ですが彼らの歳は現在十七と聞いています。もう立派な大人では？」

「それはこっちの常識でしょう？　向こうでは、二十歳になるまでは子供です。かくいう私も数年前に大人になったばかりですし」

「二十歳まで子供……」

さっきよりも更に驚いているようだ。まあこの世界の常識じゃ十五歳で成人なんだ、信じられないだろうな。

「文明やそれに伴う常識の違いでしょうね。なにせこの世界の平均寿命は短い。精々が五十といったところでしょう？　最高年齢でも八十くらいでしょうか。それに対して向こうでは平均がだいたい八十歳。最高が百二十歳くらいです。それだけ差があれば色々と違うでしょう」

「百二十？　それは長命種の混血や魔術での延命ではないのですか？」

「向こうには魔術はありませんし、人類と呼ぶものは人間だけでした。純粋な人の技術の結果ですね」

「…………」

俺の答えに、王女は珍しく隠すことなく、真剣な表情で何かを思案し始めた。

隠さないことにしたのか、あるいはそれを忘れるくらい思考に没頭しているのか……後者だったら面倒なことになるかもしれないな。

俺は彼女の思考を断ち切るように言葉を続ける。

「まあそんなわけで、常識が違うんです。子供である彼らには、今のような生活はキツイかと」

「だから彼らを外に出せと？」

「その通りです。魔物討伐と称して、外に出して魔物と戦わせれば、ある程度は不満も解消できるでしょう」

「訓練に不満を感じているのに魔物と戦わせろというのは？　それではより不満が溜まるのではありませんか？」

「それも常識の違いですね。我々の世界には魔物など存在していませんでしたが、擬似的な体験として魔物を倒す遊びが行われていました」

ゲームの説明としては間違っているが、この世界の住人にそれ以上説明のしようがない。

まさか箱の中に新たに世界を作り、その中に入って遊んでいると言っても、信じてもらえるとは思えない。

「魔物が遊びですか……」

「ええ。とは言っても、所詮は擬似的なものでしかありません……実際には違いますけど、分かりやすく言えば、『触れるけれど実際に死ぬことはない幻の敵と戦う』といったところでしょうか」

「そうまでして魔物と戦おうとは……理解できませんね」

「まあそうでしょう。ですがそれは、いないからこそだと思いますよ。いないからこそ見てみたい。いないからこそ戦ってみたい。そんな好奇心によるものでしょう」

まぁ、街から出ればいくらでも遭遇できるこの世界の人間にしてみれば、ありえない話だよな。

「ですので魔物と戦わせることで、彼らに『訓練』ではなく『遊び』と錯覚させるのです。当然、戦闘訓練になりますし、あるいは気晴らしにもなるでしょう」

「……」

「それに、苦労せずに力を得た者はその力を思いっきり振るいたくなるものです」

新しいゲームを買ったら早くやりたいと思うように。

銃を手に入れたら実際に撃ってみたくなるように。

人は新しいもの(おもちゃ)を手に入れたらそれを実際に使ってみたくなるものだ。

「――分かりました。いずれは行うことでしたし、予定が早まる分には問題ないでしょう」

「そうですか。ああ、それと。我々が外に行く時には護衛を多めにつけてください」

「死なれては困りますので当然護衛はつけますが……なぜですか？」

まだ要望があるのかと、呆れたように王女が見てくる。

「勇者の滝谷環と話したのですが、どうも乗り気ではないのです。安全を確保できないならやめるべきだ、と。なので私は、護衛をつけて安全を確保することを王女に許可させると、約束したのです」

「なるほど。ですが、言ってしまえばその約束は貴方の問題でしょう？」

「ええ。その通りです。しかしこの提案は呑(の)んだ方がいいのではありませんか？　もしそちらがこの案を受け入れれば、彼女たちからの私に対する評価が上がります。そうすれば、今後あなた方の要求にも応えやすくなると思うのですが。いかがでしょうか」

俺の言葉に、目を瞑(つむ)り考える王女。

俺としても無茶を言っている自覚はある。勇者を呼んだのはこの国を守るためなのに、その勇者を守るために兵を消耗するようでは本末転倒だ。

だがこの王女は受けるだろう。

現状、勇者たちは即戦力にはならない。しかし実戦を通すことで一気に成長すれば、仮にその実戦のために多少の損が出ても、最終的には得になる筈だ。

そして、そのことは王女も分かっている。

「――討伐の訓練は二日後。護衛の騎士は第一騎士団の小隊をつけます」

第一騎士団って確かこの国の王都――つまりこの街の守護をしているエリートじゃないか。そんな奴ら、つけてもいいのか？

まあ守護って言ってもやることがないんだろうな。

「おお！　そこまでしていただけるとは。ありがとうございます」

「これで話は終わりですか？　でしたらお部屋にお戻りください」

話が終わるなり追い出そうとするとは、だいぶ嫌われてるなぁ俺。

ここにいても仕方ないので、促されるままに部屋を出て行き自室へと戻ることにした。


そうして迎えた討伐訓練の当日。

「これが、私たちにつけられた護衛、ですか……」

目の前の光景に環ちゃんが絶句していた。

だがその気持ちも分かる。

王女は約束した通りに魔物の討伐訓練を実施し、護衛として騎士を出してくれた。

その数はどれほどだろう。こうして人を数えたことがないのでよく分からないが、恐らく百人ほどだろうか？　小隊って言ってたよな。

環ちゃんの言葉に、見送りに来ていた王女が頷く。

「はい。スズキ様よりご提案がありまして、皆様の安全のため、こうして護衛をつけることとなりました。わたくしどもといたしましても、勇者様方にはご迷惑をお掛けしておりますので、せめてもの償いとさせていただければと思います」

「そんな！　皆さんには良くしてもらっていますし、この国の事情であれば仕方ないと思っています」

「そう言っていただけるとありがたく思います」

王女と海斗くんたちが和（なご）やかに話しているが、それを良しとしない者がいた。

「おい。くっちゃべってねぇでさっさと魔物をぶっ殺しに行くぞ」

待ちきれなくなった永岡少年が王女を急（せ）かす。

いやー、彼はすごいなー。俺ならあの王女にそんな態度はとれないなー。

まあ本性を知らないからなんだろうけど。何かあって処分されたりしたら、ひどいことになりそうだ……自業自得か。

そして当の王女は、特に気にした様子もなく俺たちを見回す。

「かしこまりました——他の皆様もご準備はよろしいでしょうか？」

俺たちが頷くと王女は騎士たちと隊長に振り向いた。

「では後は任せましたよ。勇者様方に万が一がないように、しっかりとお守りしなさい」

「承知しております。勇者様はこの国の——人類の希望となられる方々。この命に替えましてもお守りいたします」

いやー、命に替えてもとか重いわー。

しかもその『人類の希望』とやらの中に俺は入ってないだろうし。

ともかく俺たちは、隊長の号令で動き出した騎士たちと共に、街の外へと向かった。

ちなみに、本当は騎馬した状態で市民に勇者をアピールしようとしていたらしいが、こんな短期間で馬に乗れるようになる筈がない。

結果、馬車から顔を出すパレード形式で街を進むことになったのだった。

「——勇者様方、到着いたしました。一旦この場に簡易の拠点を作りながら斥候が魔物を探し、その魔物と戦っていただく予定です。ご準備のほどをお願いします」

「分かりました」

隊長の言葉に従って、俺たちは馬車を降りる。

ここは森の中の少し開けた場所のようで、さっそく騎士たちが拠点を作成していた。

斥候が戻ってくるまでの間、俺たちは戦闘の準備を進める。

いつも訓練の時に着こんでいる鎧(よろい)や胸当て、それから剣と護身用の盾なんかを装着し終わったところで、斥候が戻ってきた。

「いました。グレイハウンドが四。恐らくは『はぐれ』だと思われます」

「うむ――お前たち！　配置につけ！」

隊長の合図で綺麗に隊列を組む騎士たち。半分ほどは、このまま拠点の設営を続けるみたいだ。

それにしても、今までの訓練で何度も騎士を見てきたけど、これだけの人数が隊列を組むのは初めて見た。やっぱり壮観だな。

「まずは我々が魔物との戦いをお見せいたします。よく見ておいてください」

隊列を組んだ騎士たちに囲まれながら森を進むことしばし、少し離れたところに四つの狼(おおかみ)の姿があった。

かと思えば、その狼が襲いかかってくる。

――いや、あれは狼じゃない。全身のシルエットは狼だが、決定的に違うところがある。

それは目だ。

通常の目に加えて、その外側にもう一対、全部で四つある。しかもその全てはグレーと黒がまだら模様になった球体で、ギョロギョロと蠢（うごめ）いていた。

なるほど、あれが魔物か。

「いくぞっ！」

「「「ハッ！」」」

先頭にいた騎士たちは、襲いかかってきた魔物たちをいなし、あっさりと血が舞い散る。

「すごい……」

「ははっ！　勇者様方であれば、この程度軽くこなすことができるようになりますよ！」

隊長がそう言っている間にも魔物は狩られていった。


「……では、皆様ご準備のほどはよろしいですか？」

さっきのグレイハウンドを片付けてから、隊長がそう聞いてくる。

すると永岡少年が鼻を鳴らした。

「ああ。もうできてるから早く連れてこいよ。俺がやる」

「分かりました――おい！　他にいたか？」

「同じくグレイハウンドが二体あちらに」

斥候の案内で再び俺たちは歩く。

今度は俺たちが戦うことになるので、先頭を進む。

そしてその場所に辿り着くと、こちらに気づいたグレイハウンドが途端に襲いかかってきた。

ターゲットは先頭にいた永岡少年と海斗くん。

「オラ！　こいやっ！」

「――ッ！」

永岡少年は対処できているが、海斗くんは反応できていなかった。いや、反応はできたけど怯んでいるのか？

このままではまずいと、俺は咄嗟に盾を構えて海斗くんの前に割り込む。

くっ！　意外と重いな！　人間と同じくらいの重さのものが勢いよく突っ込んできたんだからそれも当然か。

「っ！　鈴木さん⁉」

後ろから海斗くんの声が聞こえたがそれどころじゃない。

突進の勢いは完全になくなったが、構えた盾が重い。この野郎、このまま押し込む気か！

強弱をつけながら盾を押し込んでくるグレイハウンドを倒すために、必死に剣を抜いて振るったが、グレイハウンドに当たる前にガッ！　と何かに当たった。

咄嗟にそこを見ると木があった。

そうだ、ここは森の中。考えなしに剣を振るえばそうなるに決まってる。

「クソッ！」

抜こうとするが、けっこうな力を込めて振るったせいか深く食い込んでいるようで、なかなか抜けない。

その状況を理解しているのか、グレイハウンドが今までよりも激しく暴れる。

だが次の瞬間、ザクッ！　という音と同時にグレイハウンドの動きが弱まり始め、ついには動かなくなった。

「……ハァ、ハァ」

どうやら海斗くんが仕留めたようだ。

「おいおい、いつも偉そうにしてる割にその程度かよ」

その声に横を向けば、血を流すグレイハウンドを踏みつけながら、永岡少年が笑っている。

少し息が上がっているようだが、汗をかいているわけでもないし、恐怖からって感じにも見えない。あれは初戦闘で興奮してるんだろうな。

「初めての戦闘にびびって、そんな役立たずに庇われるなんてなぁ！」

「くっ……」

ここぞとばかりに煽るなぁ。よっぽど鬱憤が溜まってたんだろうな。

海斗くんも言われっぱなしで、俺が役立たずって部分に反論してくれないし。意識的か無意識的かは知らないけど、彼も俺のことを見下してるのかな……ハァ。

「ナガオカ様、お見事でした。カンザキ様とスズキ様。お疲れ様でした。初めてであれば、訓練通りに動けないのはよくあることです。落ち込むことはありませんよ」

隊長がそう慰めてくれるが、その態度にはどこか見下すような雰囲気があった。

なんとなくでしかないけど、俺と接する時の王女たちと同じ目をしている。大方「勇者なのに何してんだよ」ってとこかな？　まぁ、その目が俺だけじゃなくて海斗くんにも向けられるのは初めてだけど。

「それで、どうしますか？　次の魔物のもとへご案内しても？」

「――お願いします」

海斗くんは力強く頷く。

永岡少年に言われたからか、俺なんかに助けられたからか。それとも他の理由か分からないけど、どうやらまだ戦う気はあるみたいだな。

よかったよ。ここで潰れなくて。これでもう戦いたくないとか言われたらめんどくさかったからな。

それから再び森の中を進むと、先ほどとは違う魔物――昆虫っぽいやつが十体ほどまとまっているのを見つけた。

「さっきより多い……」

「では、今度はサイトウ様とタキヤ様もご一緒にお願いします。処理しきれない分は、我々が受け持ちますので」

隊長の言葉に、桜ちゃんと環ちゃんがごくりと唾を呑む。

「私たちもアレと戦うのね……」

「……やっぱり実際に戦うとなると怖いね」

二人とも、初めての戦闘ということに加え、魔物の外見のせいもあってか、完全に怖気づいてしまっていた。

でもこのままじゃまともに戦うことはできないかな？　……仕方ない。発破をかけるか。

「二人とも。怖いのは分かる。でもね、今戦わなくちゃ、これからこの世界で生きていけないんだよ。これから、君たちはもっと強力な魔物と戦わなくちゃいけない。そうなった時に怖いからと逃げても、うまく逃げられるとは限らないんだ」

不安そうにしながらも、俺の言葉を黙ってしっかりと聞き、こっちを見る二人。完全に戦う気がないわけではないみたいだし、もう一押しすればいけるかな？

「今まで平和な世界で、ただの学生として生きてきた君たちに戦えって言うのは酷だと思う。でも、それでも、戦ってほしい——君たちは、元の世界に帰るんだろう？」

さあ、これで立ち上がることができるか。それとも……

「——もう大丈夫です。次は戦えます。すいませんでした。弱気なことを言ってしまって」

「そうだね。そもそも、外に出て魔物と戦いたいって言ったのは私たちなのにね」

桜ちゃんのその言葉に、環ちゃんが首を傾げてみせる。

「あら、私はそんなこと言ってなかったと思うのだけど？」

「むー、確かにそうだったけどさ！　ここは乗ってくれてもいいんじゃないの!?」

桜ちゃんはもう大丈夫そうだけど、環ちゃんの方はよく見るとまだ震えている……まあ今はひとまず大丈夫だろう。

一応、後で城に戻ったらフォローしておこう。

「桜、環、大丈夫なのか？　無理しなくても、ゆっくり慣れていけば……」

「いいえ。大丈夫よ。心配してくれてありがとう。海斗」

「私もありがとね。でも私も戦うよ。海斗くんや鈴木さんに任せてばっかりじゃいられないよ……私も勇者だしね！」

「そうか。無理はするなよ」

海斗くんはまだちょっと心配そうだったけど、すぐに納得したようだった。

その後は桜ちゃんと環ちゃんも交えての魔物との戦闘となって、海斗くんはあっという間に一人で魔物を倒すことができるようになった。

元々それだけの力はあったわけで、後は本人の覚悟次第だったんだろう。現に永岡少年は初見で倒せたわけだし。

女子二人も、俺が壁役としてサポートすることで魔物を殺すことができた。これで今日の目的は達成したと言っていいだろう。

ちなみに、俺も何体か一人で倒すことができた。スキルはなくても勇者としての身体能力があることは訓練の時に分かっていたけど……ちゃんと魔物相手に通用して一安心だ。

後は、今回のように定期的に外に出られるように王女に話をしないとだな。

――ハァ。またあそこに行くのか。


「勇者様方、本日はお疲れ様でした。皆様の素晴らしい成長ぶりを見れば、必ずやこの国を救っていただけると私は確信しております！」

それなりに魔物を倒していい時間になったところで、俺たちは城へ帰還することとなった。

だがどうやら、俺たちについてきた騎士たちの一部は残るそうだ……というよりも、騎士の一部が俺たちと帰還することになったと言った方が正しかった。

なんでも、彼らはこの後もあの簡易拠点の周辺の魔物の調査と間引きを行うらしい。

やけに騎士の数が多いと思ってたけど、ちゃんと理由があったようだ。

あの王女も、こっちにいいように使われて終わる気はなかったってことだな。

まあ当たり前っちゃ当たり前なんだけど。

「栄光ある我ら王国騎士団だけで敵を倒すことができないのは誠に遺憾ではあります。ですが！伝説に謳われる勇者様と共に戦うことができるのですから、これに勝る喜びはありません！」

にしても今日は疲れたなぁ。必要なことではあったたし、今後のためにはなったんだけど、やっぱりまだ戦いには慣れない。

「そして我々——」

うるさい。

もう城に着いてから何分になるか、帰ってきた俺たちを前に、隊長のおっさんが演説をしていた。

こっちは疲れてるんだから早く解放してくれよ。

「隊長。勇者様方は初めての実戦でお疲れでしょうし、お話はそのくらいにしてください」

うんざりしていると、王女が来て隊長の話を止めてくれた。

よしよし、今回ばかりは感謝してやってもいいぞ。

隊長も王女の制止を無視してまで話を続けるつもりはないのか、あっさりと解散になった。

やっと解放されてそれぞれ部屋に帰るが、やっぱりみんな疲れているようだ。あの永岡少年でさえおとなしい。

ただ、環ちゃんの様子が気になった。

疲れているのとは別に、なんだか元気がないように見えるけど……後で時間があったら話してみるかな。

「ふ〜。今日は疲れたなぁ」

ボフンと音を立ててベッドに飛び込む。このまま寝てしまいたい気持ちになるが、まだ夕食も食べていないし、今日はやることがあるのだ。

しかし改めて、討伐訓練はやって正解だったな。

魔物を実際にこの目で見られたし、安全を確保しながら経験を積むことができた。

ここから逃げ出した後は、何でも一人でやっていかなくてはならないのだから、こういう経験は必須だろう。

と、そこで控えめながらはっきりとしたノックの音が聞こえた。

「スズキ様。ご夕食のお時間となりました」

アリアンだった。どうやらもうそんな時間らしい。

このまま部屋にいるわけにもいかないので、アリアンに返事をして一緒に食堂に向かう。

「皆様、本日はお疲れ様でした。皆様が大きな怪我もなく戻られたことを喜ばしく思います」

いつもと違い、俺たちより早く席についていた王女のそんな言葉を受けて夕食が始まった。

やっぱりここの料理は美味しい。それに金をかけてるってのも分かる……けど、たまにはカップ麺(めん)が食べたい。ハンバーガーでもいいけど。

ジャンクフードって無性に食べたくなるんだよな。あ、カレーも食べたくなってきた。こっちにカレースパイスとか米ってあるのかな……

はぁ。こんなことを考えるなんてやっぱあっちの世界に未練はあるもんなんだな。

当たり前といえば当たり前だ。生まれてからずっと過ごしてきた場所なんだから。

でも、その場所にはもう帰れない。それは初めから分かっていたことだ。国どころか、世界を越えているのだからそう簡単に帰れる筈がない。

そもそも帰る気はなかったんだけど、それでも郷愁を感じるもんなんだな。その対象が人じゃなくて食べ物ってところに、俺の人付き合いの薄さが表れているのがなんとも言えないけど……

疲労からかみんなあまり話すこともなく、静かな夕食が終わる。

部屋に戻っていくみんなを見送って、俺は王女の部屋——いつも使う会談のための偽の部屋に向かった。

三度目となると慣れたもので、そこまで緊張しない。

だけど、警戒を緩めるつもりはなかった。なにせこの部屋には相変わらず、何人も潜んでいるんだから。

俺が座ると、王女がにこやかに口を開く。

「改めて本日は魔物の討伐お疲れ様でした。怪我がないようで何よりです」

訳（魔物との戦いで死んでいただいても構わなかったのですよ？）

「ありがとうございます。初めて見ましたが魔物とは恐ろしい存在ですね。他の勇者の協力もありなんとか倒すことができました」
訳（あの程度で死ぬわけないだろ、馬鹿）

お互いに言葉の裏に意味を込めて言葉を交わして笑い合う。

実際は色々ギリギリだったところもあるけど、それは笑顔で隠す。

「さて、では本日の訓練について、報告していただきましょうか」

そう求められるが、素直に伝える俺じゃない。

実際に何が起こったかは、騎士団からの報告もあるだろうから嘘をつくわけにはいかない。

だからここは、実際に起こったことではなく目に見えない部分——勇者たちの心の部分について少し騙すことにした。

俺は息を整え、口を開く。

「神崎海斗は最初は怯みはしたものの、二度目には自身の力のみで魔物を倒すことができました。斎藤桜と滝谷環の二人は、魔物との初めての戦闘に消極的ではありましたが、私の説得により見事に倒すことができました。一度魔物を倒して心配も薄れたでしょうから、次からはあの数の護衛は必要なさそうです……永岡直己に関しては、正直言うことがないですね。子供っぽいところはあるものの、あなた方の求める『勇者』に一番近いのは彼ではないでしょうか」

最後の言葉を聞くと、一瞬だけだったが王女の笑みが深くなった。

この様子だと、俺を殺した後は彼を主軸（しゅじく）としてやっていくつもりかな？

まあそれは予想通りだし、その時には俺はいないし……そもそも死ぬつもりもない。

「後は定期的にこなしていくことで、『敵』との戦いも問題なくこなせるようになるでしょう」

外に出るのが今回だけで終わらないように、しっかりと王女を誘導する。

「そうですか……ところで、貴方の報告を忘れているようですが？」

「私もですか？」

「当然です。貴方も『勇者』なのですから」

俺のことを『勇者』だなんて、思ってないくせによく言うよ。

いや、勇者とはこいつらの中で『都合のいい道具』って意味だから勇者じゃない方がいいのか？

……まぁ、今の俺は『使い潰せる道具』だから、まだ勇者の方がマシか。

「分かりました。自分のことなので間違っているかもしれませんが。訓練の時から何となく分かってはいましたが、やはり、元の世界にいた時よりも動けるようになっているようです。スキルは未だ使えませんが、魔物を倒すことはできました」

思案顔になる王女。俺が勇者として覚醒する可能性でも考えているんだろうなぁ。

「……分かりました。本日は疲れていることでしょうし、この辺りにしておきましょうか。それと、来週も同じように外に出てもらいますので、よろしくお願いいたします」

王女がそう言い終わると同時に、後ろからドアの開く音が聞こえる。

振り向くと部屋付きのメイドがドアを開けて待っていた。話は終わりということだろう。

こちらも話すことはないので、立ち上がり廊下に出て部屋へと戻ることにした。

王女の部屋からの帰り道、城に戻ってきた時の環ちゃんの様子をふと思い出し、彼女の部屋に寄ってみた。

さて、起きているだろうか?

こういう時にスマホとかがないと不便さを感じるな。

とはいえ、脳内の知識によると、そういった類の道具はあるみたいだから、今度王女を強請って譲ってもらおうかな。

と、そんなことは今はいい。

環ちゃんが部屋にいるかどうか……

女の子の部屋の中を無断で調べるのは少し気が引けるけど、仕方がない。そう、これは仕方がないことなんだ!

探知発動!

心の中で言い訳をしつつ、探知を使ってみる。

部屋の中は環ちゃん一人で、メイドはいないみたいだ。まぁ、相変わらず天井に監視はいるみたいだけど。

その環ちゃんは……起きてるな。

――コンコン
ドアを叩いてみたけど反応がない。諦めずにもう一度。

――コンコン
「環ちゃん、もう寝ちゃったかい？　まだなら少し話したいことがあるんだけど……いいかな？」

声かけをしてみるが、やはり反応はなかった。

……ダメか。そんなに思いつめていたとは。

彼女のケアは、あれじゃ十分じゃなかったか。本職のカウンセラーでも心理学者でもないし、仕方がないことではあるんだけど……

ふう。今日は出直すか。

そう思ってドアの前から数歩離れたところで、背後からカチャリという控えめな音が聞こえた。

「……どうぞ」

いつも通りに見えるが、幾分か覇気(はき)のない様子の環ちゃんが出てきた。

「ごめんね。こんな夜に」

「いえ……それでどのような用件でしょうか？」

部屋に入れてもらった俺は、備え付けの椅子に座って、ベッドに座り込んだ環ちゃんと向かい合う。

「君のことが少し気になってね……ああ、といっても恋愛感情ではないよ?」

俺の冗談に環ちゃんは笑っているが、やっぱり元気がないように見える。

「――やっぱり今日は疲れたかい」

びくっ、と体を震わせる環ちゃん。

「……はい。初めて、でしたから」

それはどっちのことだろう?

『命を狙われたこと』なのか『何かを殺すこと』なのか……まあその両方だろうな。

俺が黙っていると、環ちゃんはぽつりぽつりと話し始めた。

「……なんで私が戦わなくちゃいけないんでしょうか。他に、もっとふさわしい人がいた筈です」

「そうかな? 君は勇者として呼ばれたんだ、ふさわしくないなんてことはないんじゃないかな」

「……でも、私はただの学生ですよ? ……なのにどうして。なんで私が……」

環ちゃんは膝の上で拳を握り締め、少し俯いてしまった。

「……こわかったんです。今日、魔物と戦って、すごく、こわかった」

うっすらと涙を流しながら、途切れ途切れの言葉を紡ぎ出す環ちゃん。

だがそれも仕方のないことだろう。

大人の男である俺だって怖かった。地球には存在しないような化け物が自分の命を狙ってくるんだから、怖くない筈がない。

それは、いくら勇者としての力を持っていたとしても変わらないだろう。

「……だとしても、ここにいる限り戦わなくちゃいけない。俺たちは戦うために呼ばれたんだから」

「だから！　どうしてそれが私なんです⁉　おかしいじゃないですか！　私はこんなところに来たくなかった！　あの日だって！　いつもみたいに家に帰って家族と過ごして、次の日には学校に行って友達と話して……そんな、そんな風に普段通り過ごして……それで……もうやだ……かえりたい………」

ついに環ちゃんは膝を抱えて丸くなってしまった。

——帰りたい、か。

その気持ちも分かるけど、それは多分無理だろう。この子がこの世界で生き残るためには、ここで立ち上がるしかない。

そうでないと早々に死んでしまう。それは嫌だな。

……この子たちを置いて逃げようとしている俺が言えることじゃないかもしれないけど。

それでも、この子たちには死んでほしくない。

だから俺はゆっくりと、環ちゃんに語りかけた。

「帰りたいって気持ちは分かる。怖いって気持ちも、戦いたくないって気持ちも分かるよ。でも、それでも、君は戦わなくちゃいけないんだ。これからここで暮らすにしても、帰る方法を探すにしても、弱いままじゃ生きていけない。だから、戦うんだ。環ちゃん」

うずくまり、膝に埋めていた顔をほんの少し上げてこっちを見る環ちゃん。

どうやら全く聞く気がないわけじゃないみたいだな。もうひと押ししてみるか。

「俺は君たちと違ってスキルなんか持ってないけど、それでも君たちを守る盾くらいにはなれるからさ——だから、頼むよ……俺は、君たちに死んでほしくないんだ……」

さあ、どうだ。

本来は戦いたくないと縋る側である環ちゃんに対して、死んでほしくないと縋りつくことで、彼女が断り辛い状況を作ってはみたが……

「——どうして、ですか？」

「え？」

「どうして、あなたは私たちのために動いてくれるんですか？」

あー、どうしよう、「君たちを利用したいからだよ！」なんて言えるわけがないし。

環ちゃんは潤んだ目でこっちを見ている。

やばい。この子の求める言葉はなんだ？　なんて言えばいいんだ⁉　ギャルゲーの攻略対象みたいに落とせばいいのか⁉

……ギャルゲーか、意外とありかもしれないな。いや、恋愛対象としてじゃないよ？　ただ女の子を説得するのに参考にしてもいいんじゃないかって。

「――女の子を守るのは男の役目でしょ？　辛い。悲しい。怖い。助けてって女の子が目の前で泣いてるんだ。そんなのを見ちゃったら、助けないわけにはいかないじゃないか」

……実際に言ってみると結構恥ずかしいな。

「――ありがとう……ございます……」

俺だけじゃなくて環ちゃんも恥ずかしそうにして俯き、か細く震える声で感謝してくる。

「こっちこそありがとう。君がいたから俺は頑張ろうって思えたんだから」

さりげなく君たちから君に変えてみることでより親密感を出してみるぜ！

……やばい。マジでやばい。何がやばいって俺の言動がだよ。なにが『君がいたから』だよ。

あー、恥ずかしい。

ほら、環ちゃんもさっきより更に恥ずかしがってるじゃないか。

でもここでやめるわけにはいかない。彼女には立ち直ってもらわないといけないんだから！

俺は一度咳払いをしてから環ちゃんに話しかけた。

「どうかな？　これから頑張っていけるかい？」

「……はぃ……」

小さな声で返事をして、こくり、と頷くとまた丸まってしまう環ちゃん。

なぜかその様子が、昔飼っていた猫のように見えてつい頭を撫でてしまった。

ハッとした時にはもう遅い。ここまでするつもりじゃなかったのに。

これじゃまるで……っていうか、まんまギャルゲーの主人公みたいじゃないか！

俺は主人公って柄じゃないんだよ。性格的にも容姿的にも！　そういうのは海斗くんの方に任せたい。

「じゃあ今日はこの辺で帰るとするよ」

ひとまず環ちゃんも立ち直ったのでここから立ち去ることにした。このままここにいるのは俺も精神的に辛い。

だって考えてもみろよ。この、さして容姿が優れているわけでもない二十五の男が、ゲームの主人公のような言動で十七の女の子を慰めて……しかも口説くみたいなことを言ってるんだぞ？

その上、すっかり忘れてたけど天井裏からその様子を覗かれているんだ。

今すぐ布団の中に引きこもりたい……早く部屋に帰ろう。

「あの！」

立ち上がってドアを開けようとしたところで、さっきまでとは違ってはっきりした声の環ちゃんに呼び止められた。

「なんだい？」

早く帰りたいところではあるが邪険にすることもできない。

いつものように優しく返事をする。

「えっと、その……あ、ありがとうございました！　これからもよろしくお願いします！」

綺麗な姿勢で頭を下げる環ちゃん。

「ああ、こちらこそよろしく――おやすみ」

「はい。おやすみなさい」

そうして俺はやっと部屋に戻れた。

……できれば死んでほしくない。それはまごうことない俺の本心だ。だけど……

「……どうすればいいんだろうな……」


それからまた二週間が経ち、俺たちがこの世界に来てから約一ヶ月が経過した。

俺たちは、あれ以来度々外に出て魔物との戦闘を行っていた。

もちろん、脱出計画もゆっくりだが進めている。

そして現在、俺たちは魔物討伐のために城の外にいた。

今もちょうど、倒したところだ。

「彰人さん！　今日もありがとうございました！」

あの晩、環ちゃんを慰めてからなんだか妙に懐かれてしまっていた。

実は召喚されたばかりくらいの頃、親しくなるために下の名前で呼んでほしいとそれとなくアピールしたことがあったのだが、その時は断られた……というのに、どういうことか彼女の方からいきなり名前で呼び始めた。

……うん。なんでか、なんて言われなくても分かってる。あの二週間前の夜に彼女のことを慰めたからだ。

自分を助けてくれた優しい人。彼女の中での俺はそうなっているのだろう。

状況が状況だし、吊り橋効果とかもあるんだと思う。よく知らないけど。

「お疲れ様でした、彰人さん」

「彰人さん、怪我はありませんか？」

俺と共に前衛として戦ってた海斗くんと、回復役である桜ちゃんが近づいてきた。

俺には相変わらず固有スキルはないけど、勇者としての身体能力はあるから前衛の壁役として戦っている。

だからなのか知らないが、この三人は俺のことをいつも気にかけてくれていた。

それに、環ちゃんが俺のことを名前で呼び始めてからは、他の二人も名前で呼んでくれるようになった。これなら王女も、簡単に俺を排除できないだろう。

そのうち彼らを騙すんだと思うと多少心が痛むけど、仕方がないと割り切るしかない……仕方がないんだ。

「――チッ」

聞こえよがしに舌打ちをしたのは永岡少年だ。

彼は相変わらず俺たちの輪に加わるつもりはないみたいだけど、戦闘自体は一緒にしている。たまに一人で戦うこともあるが基本的には一緒だ。

時折忌々しそうに俺のことを見てるし、今も舌打ちしたけど、彼は王女と違って、腹黒いことは考えていなさそうだし安心だ。

そんなことを考えていると——

「彰人さん！」

ズバッ、と音がするような鋭い剣撃で、海斗くんが俺の背後から迫っていた魔物を斬りつける。

大して強くもない魔物だったからそれだけで倒すことができた。が……

「「あぶない！」」

背後から聞こえた環ちゃんと桜ちゃんの声に反応して振り向くと、ちょうど俺と海斗くんに当たる角度で火の玉が飛んできた。

なぜ？　どこから？

そんな疑問が頭をよぎったが、落ち着いて考えている余裕はない。

このままでは避けきれないし、避けたとしても後ろの海斗くんに当たってしまう。

俺は咄嗟に手を前に出して、飛んできた火の玉を収納する。

……しまった。咄嗟のことだったから、思わず収納スキルを使ってしまった。

王宮の奴らも海斗くんたちも、収納スキルはただ物をしまうだけのチカラだと思っているみたいだけど、少し違う。

勇者の収納スキルは、『触れたと認識しているものであれば、生き物以外なんでもしまうことができる』という能力なのだ。

空気をしまえるし火だってしまえる。そんなことができるんだから、当然魔術だってしまえる。

更に言ってしまえば、使用者が触れたと認識さえすれば、実際には手で触れてないものもしまうことができるし、その『触れた』範囲もイメージ次第だ。たとえば、壁に手を当てながらイメージすると、人の形に壁をくり抜いてその部分だけを収納、なんてこともできる。

俺がこのことに気づいたのは、この世界に呼び出された日、自室でスキルの検証をしていた時だ。

俺は一旦部屋中の家具をしまってみたんだが、サイドチェストの上に置いてあったジャケットまで、一緒に収納されたのだ。

その時ふと、ある疑問が浮かんだ。

「なんでジャケットには直接触ってないのにしまわれたんだ？」と。

そのことが気になると、他にも疑問が生まれてきた。

サイドチェストをしまったとはいっても、俺が触っていたのは外枠だけ。上に載っていたジャケットはもちろん、備え付けてあったメモ用紙や水差しなんかにも触れていない。

それなのにメモ用紙や水差しまで収納されていた。

収納は触っていないと発動しなかったんじゃないのか？

そう思った俺は、収納のスキルに希望を見出した。

もしかしたら、このスキルは王女たちが言うようにただ物をしまうだけのスキルではないのではないかと。

もちろん、それが自身に都合のいい妄想である可能性はあった。けれど諦めることはできず、俺は収納について検証することにした。

……といっても、実際に検証をしたのは監視が外れてからだ。

監視が普通にいる状態じゃ、全部筒抜けになっちゃうからな。

そして検証の末、俺の考えが妄想なんかじゃなかったことが証明された。

収納スキルは王女たちの言うように、『触ったものを自由に出し入れする』スキルだが、正確には『触ったと認識したものを自由に出し入れする』スキルだった。

一瞬何も変わらないようにも思えるが、その有用性は天と地ほどに違う。

対象が厳密に『触ったもの』であった場合、たとえば剣を収納しようと思って柄を握ってスキルを発動したら、その柄の部分だけが収納され、剣身部分はその場に残ってしまう筈だ。

しかし『触ったと認識したもの』である場合、普通は柄と剣身がセットで『剣』という認識なので、一緒に収納できる、というわけである。

ちなみに、収納から出す時は、十分なスペースがないと発動しなかった。出現する位置にある物体を押しのけて出すことができたらもっと強かったんだけど、とちょっとだけ不満はあるものの、概ね満足している。

王女たちにとっては、収納で『剣』をしまえるのは当たり前のこと。他の勇者たちも特に疑問を覚えなかったみたいだが……正直なところ、なんで誰も気づかないのか不思議なくらいだ。

まあ、これは俺が収納しかスキルがない故にしっかり考察したから気づけたのかもしれないけど、応用すればいろんなことができる。

それこそ、壁を好きな形にくり抜いたり、さっきみたいに魔術を収納したり……

だが、このことは誰にも言っていない俺の切り札だ。

加えて脱出計画にも関わってくるものでもあるので、ここでバレてはまずい。何が起こったのかは、なんとかして誤魔化すしかないだろう。

「魔物か!?」

海斗くんが叫ぶが、違う。今の攻撃は魔物じゃない。

「――悪りぃな。魔物を狙ったつもりだったんだが逸れちまった」

「お前は！」

ヘラヘラしながら謝る永岡少年に、海斗くんが激高しかける。

俺以外の勇者たちは訓練の結果、魔術を使えるようになっているけど……まさかこんな使われ方をするなんてな。

そう思いつつ、海斗くんの肩に手を置いて落ち着かせる。

「逸れちゃったならしょうがない。そういうこともあるさ。次はそんな初心者みたいなミスをしないように頼むよ」

なんで俺たちを狙ったのか分からないけど、あの反応からして事故ではないことは確かだ。

ただまあ、魔術を使えばすぐに怪我が治る程度の威力だったし、手加減はしていたみたいだ。ただのイタズラか嫌がらせだろう。

「……チッ」

俺の余裕のある態度に、永岡少年は舌打ちだけして離れていくけど……こっちのこの空気はどうしようか。

チラッと環ちゃんと桜ちゃんを見ると、二人とも唖然(あぜん)としていた。

俺が火の玉を消すところ、環ちゃんと桜ちゃんには角度的に見えてただろうなぁ……

「彰人さん！　怪我は、怪我はないですか!?」

「大丈夫ですか？　それより今の、どうやったんですか!?」

やっぱり見てたか〜。まあ、あの状態じゃ見えない方がどうかしてるよな。仕方がない。

ていうか、桜ちゃんはもう少し心配してくれてもいいと思うんだけど？

「いや、俺にも何がなんだか……君たちにはどう見えた？」

「えっと、彰人さんが突き出した手に当たったと思ったら、パッとなくなっちゃいました」

「そうですね。私にもそんな風に見えました」

うんうん、やっぱそうだよな。

「海斗くんはどう見えた？」

「すいません。俺からはよく見えなかったです……」

申し訳なさそうにしている海斗くんに、俺は気にしなくていいと手を振って話を進める。

「何が起こったと思うか聞いてもいいかな。自分じゃさっぱりで」

俺がそう問うと、三人は首を傾げる。

「んー、さっきの魔術は永岡君が使ったやつだよね？　それなら当てる前に消したとか？」

「あいつがそんなことするか？　さっきの様子を見る限り、当てようとしてた気がするぞ？」

「そうね。魔術の威力自体も抑えられてたみたいだし」

「じゃあ護衛の人たちが何かした、っていうのは？」

護衛として来ている騎士に顔を向けると、話を聞いていたのだろう、首を横に振り否定する。

「違うみたいだね」

「えーっと、んー、永岡君じゃなくて騎士の人でもない。そうすると……彰人さんは何もしてなかったの？」

よし、この質問なら誘導できるかな。

「いいや、何もしてない……そもそも俺にはどうしようもないよ。スキルでもあればできたかもしれないけど持ってないし」

「あっ！　それだよ！」

桜ちゃんがいきなり声をあげる。

よし、食いついた！

「何か分かったの桜？」

「それって何がだ？」

「スキルだよスキル！　彰人さんはスキルを使ったんじゃないかな！」

「いや、彰人さんはスキルが使えないだろ。それとも彰人さんがずっと嘘をついてて、実はスキルを使えたっていうのか？」

「そうじゃなくて！　ほら、ヒースさんが言ってたじゃない。彰人さんのスキルは目覚めてないだけで、今後使えるようになるかもしれないって！」

そう！　それだよ！　それが俺が求めた答えだ！

「「あ」」

桜ちゃんの言葉に、海斗くんと環ちゃんが間の抜けた声を返す。

それにしても流石は桜ちゃん！　期待した通りの働きをしてくれるな。

「どう、彰人さん！　スキルを使えないかな？」

そう嬉しそうに聞いてくるが、ここは慎重に……

「待った。スキルが使えるようになったと仮定しても、それがどんなものなのか分からないことには使えないよ」

「あ」

先ほどとは違い、今度は桜ちゃんが間の抜けた声を出す。

「仮に、スキルが使えるようになったとしたらどんな効果だと思う？　俺はさっきの状況からすると魔術を消す――というか、無効化する類の能力だと思うんだけど、どうかな？」

「対抗魔術ですか！　あり得ると思います！」

俺の言葉に桜ちゃんが同意し、それに続くように他の二人も頷いた。

「ただ、本当にそうなのか分からないから……桜ちゃん、灯りの魔術を使ってくれないかな」

「はい！　分かりました！」

そしてすぐに目の前に現れた、魔術でできた光の玉。

手を伸ばしその玉に触れるが……何も起こらない。

当然だ。対抗魔術なんてスキルは持ってないし、収納も発動していない。むしろ何か起きたら逆に困る。

しかしここは演技を続けないとな。

「あれ？」

「どうしたんですか？」

「スキルを発動させようと思って触ったんだけど、消えなくて……」

今も触ったままになっているが、相変わらず灯りの魔術は発動している。収納で消すにはまだ早い。

「対抗魔術という考えは間違っていたんでしょうか？」

「どうだろう？　この様子を見る限りはそうみたいだけど――」

そう話しながら、灯りの魔術に触れたり手を離したりを繰り返し、そろそろいいかというところで灯りの魔術を収納した。

「「あ」」

「消えた！　消えましたよ、彰人さん！」

海斗くんと桜ちゃんが気の抜けた声を漏らす。俺も怪しまれないように一緒に声をあげるが、その中で環ちゃんだけが我が事のように喜びの声をあげた。

「でも、なんでいきなり？」

自作自演であるので俺には疑問などないが、言わないと不思議に思われるのでそれらしいことを口にする。

「何か条件があるんじゃないですか？」

「後は、確率で発動とか？」

すると海斗くんと桜ちゃんが乗ってくれた。環ちゃんも興味深げに考え込んでいる。

「すまないけど、もう少し付き合ってもらってもいいかな？」

「「「はい！」」」

三人は快く承諾してくれた。

今までは、仲良くなろうと頑張ってきたけど、けっこう自然にこうやって談笑できるようになってきた。今後も俺がここから逃げるまではできる限り仲良くしていきたいな。

……やっぱり、この子たちも連れていった方が……いや、だめだ。それだと失敗する確率が上がる。

……俺は、死にたくないんだ……だから……

「だいたい一割～二割くらいで発動しますね」

これでいいのかと悶々としながらも、海斗くんたち……主に魔術の得意な桜ちゃんと環ちゃんに協力してもらって何度か実験を重ねた。そうしてついに、俺が使ったのが『対抗魔術』だと誤解させることに成功したのだった。

「うーん、確定で発動しないとなると、なんとも使いづらい能力だなぁ」

俺がそうがっかりして見せると、海斗くんが励ましてくれる。

「ですが、使い続ければもっと使いやすくなると思いますよ。俺たちもそうでしたし」

それは知ってる。俺も収納を使い続けたら少しずつ使いやすくなったし。

「……あの。もしかしたらですけど、まだスキルが馴染んでないんじゃないですか？」

環ちゃんがそんな意見を言った。

なるほど、馴染んでない、か。

「馴染んでない？　……桜みたいに言うなら『半覚醒（はんかくせい）』ってところか？」

「あー、なるほど。それはあるかもね」

「じゃあ今後使い続けていけば、彰人さんも俺たちみたいにスキルを自由に使えるようになるかな？」

「分からないけど、その可能性もあると思うわ」

三人は俺が誘導したわけでもないのに俺のスキルについて話し合っている。

ありがたいとは思うけど、このままここで話し合うわけにはいかない。

もうそろそろ出発しないと、城に着く前に日が暮れてしまうだろう。

「一応今の状態は分かったし、今日のところは城に帰ろうか。みんな手伝ってくれてありがとう」

三人が気にしないでくださいと言いながら帰還の準備を始めるのを見て、俺も準備を進めるのだった。


「改めて今日はありがとう」

城に戻ってきたところで、解散する直前に俺は改めて礼を言う。

「いえ、あの程度でいいならいつでも付き合いますよ」

「そうですよ！　今までいっぱいお世話になってたんですから」

「海斗くんは何もしてなかったけどね」

魔術があまり得意ではない海斗くんは見ているだけだったことを、桜ちゃんが茶化す。

相変わらず、永岡少年はそんな俺たちを無視して早々に部屋へと戻っていった。

そんな彼を見送りながら、俺たちも解放する。

「それじゃあ、また後で夕食の時に」

どうやら海斗くんたちはまだその場に残るみたいなので、先に部屋に戻ることにした。

部屋の前に到着した俺は、扉を開ける前にまずは探知で部屋の中を調べる。

まともに探知ができるようになって以来、訓練の一環でそうするようにしているのだが、今ではこれが癖になってしまった。

いつも通り、罠も潜んでいる者もいないので、これまたいつも通りベッドにダイブする。

そして、はあ～、と息を吐き出しつつ今日のことを振り返る。

予定にはない行動だったが、なんとか収納のことは誤魔化せたな。

あーでも、そんな能力を持ってるって王女にバレたら警戒されそうで嫌だな……

いや、逆に利用価値ができたってことだから、殺される危険性が低くなったってことじゃないか？　それならまだマシなんだけど……

だが、どのみち城から逃げ出す予定を遅らせる気はないし、油断するつもりもない。

今後は、今日みたいにミスがないようにもう少し気をつけよう。

……それにしても、俺はそんなに彼に恨まれていたんだろうか？

なんて色々と考えているうちに、食堂に向かう時間になる。

ベッドに横たわっていた体を起こし、身だしなみを整えた後、ちょうどアリアンが食事を知らせにきたので食堂へと向かった。


その日は珍しく、夕食後に王女に呼び出された。

これまではこちらから連絡を取っていたけど、向こうから来るのは初めてだった。

面倒なことにならないといいなぁ、と一瞬思ったのだが――

「ようこそいらっしゃいました。スズキ様」

メイドが椅子を引き、「どうぞ」と飲み物を勧めてきた時点で、嫌な予感がビシビシした。

でも断ることはできないので、礼を言ってから座る。

「本日は珍しいですね。あなたからのお誘いだなんて」

「そうですね。いつもはスズキ様から来てくださるので、こうして貴方様をお呼びするのは初めてですね」

わざとらしいほどの笑みを浮かべる王女。

「それで、本日はどのようなお話ですか？」

「あら、ただ貴方とお話をして、親睦を深めたい……とは思ってくださらないのですか？」

「ご冗談を。私たちはそのような間柄ではないでしょうに」

俺とこいつの関係は一時的な協力者。共犯者と言ってもいい。

お互いにいずれ裏切ろうと考えているような俺たちが親睦を深めようとか、冗談としか思えない。

「ふぅ。親睦を深めたいというのも本当ではあるのですが……今はその話は置いておきましょうか――本日貴方をお呼びしたのは、貴方のスキルのことです。どうやら使えるようになったそうですね」

「お耳が早いですね……やっぱり護衛の騎士ですか」

あの場にいた者しか知らない筈の情報を既に知っているということは、騎士たちが報告したんだろう。

しかし王女は、ニコリと笑っているだけで答えない。

「こちらを使ってください」

そう言って出されたのは、俺たちが最初にスキルを調べる時に使った道具だった。

王女の顔を窺うが、変わらずにニコニコしているだけだ。

仕方がないのでおとなしく手を出し、メイドによって採血される。

チクリとするが、訓練の時にはもっと痛いことがあるんだから、この程度なら慣れたもんだ。

そしてプレートに血が垂らされ、メイドから王女に手渡されたのだが……

渡されたそれを見て、王女は訝しげな表情をしていた。

「……これを見る限り、『収納』しかスキルが書かれていませんが、本当に貴方はスキルを使えたのですか？」

「は？　……見せてもらっても構いませんか？」

無言で渡されたそれを見ると、初めてスキルを調べた時と変わらない内容であった。

まぁ当然だ。俺はスキルなんて増えてないんだから。俺が使っているのはあくまでも『収納』。書かれた内容が変わるわけがない。

それを言うわけにもいかないから、王女を騙すために一芝居打つ。

「なんで……」

「もう一度聞きますが、本当にスキルが使えたのですか？」

「ええ。他の子たちに聞いても構いません。でもどうして……いや、そうか。もしかしたら……」

「何か思い至ったことがあるのですか？」

早く言えとでも言いたげな王女に、俺は勿体ぶって答える。

「……可能性でしかありませんが。本日、スキルの実験をした時は、発動したりしなかったりと不安定な状態でした。滝谷環はそれを『スキルが馴染んでないから』と、神崎海斗は『半覚醒』と言っていました。もしかしたらそれが原因かもしれません」

「『半覚醒』ですか。つまりはスキルに目覚めきっていないから、記載されないと？　……確かに、その可能性がないとは言い切れませんね」

頬に手を当てながら思案にふける王女。

見てる限りじゃ不審に思われている様子はないかな？

出されたお茶を飲みながら王女の反応を待っていると、不意にこっちを向き質問してきた。

「それで、貴方のスキルについてお伺いしたいのですが、どこまで把握していらっしゃるのですか？　実験したのでしょう？」

「……それを素直に教えるとでも？」

「ええ。『お願い』です。契約に従って貴方のスキルについて教えてください」

そう言われてしまえば、断ることはできない。

命に関わることは『お願い』を拒否できるが、命に関わらなければ拒否できない。

まあ、実際には俺は契約に縛られていないので断ることはできる。

だけどここでそんなことをすれば、騙しているのがバレてしまうから言うことを聞くしかない。

言うことを聞くしかないんだけど……計画通り。

元々俺はスキルについて話すつもりだった。だけど素直に話せば疑われる。だからこそ『お願い』してもらう必要があったのだ。

「……俺のスキルは『対抗魔術』だと思われます。効果は――」

今日の実験で分かったこと――みんなにそうだと思い込ませた能力の全てを隠すことなく王女に

話していく。

「……なるほど、対抗魔術（アンチマジック）ですか——それはどのような魔術でも無効化できるようなものなのでしょうか？」

「分かりません。少なくとも今日の実験では発動する確率は低いものの、魔術自体は全て無効化することができました」

それを聞くと王女は再び何かを考え出した。

と思ったら、いきなりこちらに手を向けてくる。

なんだ、何か魔術でも使おうとしているのか⁉

攻撃でもされるのかと思った俺は、咄嗟に椅子から立ち上がり——

ゴンッ！

「〜〜〜ッ！」

それと同時に、頭部に衝撃が走った。

「っ⁉」

何が起こった⁉

困惑していると、「ふふっ」という笑い声が聞こえる。

目の前では、王女が楽しそうに笑っていた。

イラッとしたがそれを無視し、自分の頭上に手を伸ばして痛みの原因を確認する。

目には見えないが、どうやら平らで硬質な何かがあるようだ。

それに触れたまま手を動かしていくと、どうやら前後左右と頭上を、見えない壁で囲われているらしいことが分かった。

結界みたいなものか？

「これはどういうことですかね……」

ジト目で王女を見ながら言うと、飄々（ひょうひょう）と返される。

「あなたが本当に対抗魔術（アンチマジック）というスキルが使えるのならば、それを消すことができる筈です――やってみてください」

こいつ、やっぱり疑ってるか。

まあそうだろうな。むしろこいつが素直に信じたらそっちの方がおかしいってもんだ。

「やるだけやってみますけど、消せなくても文句は言わないでくださいね」

俺はそう言いながら、目の前にある結界をポンと手で叩く。

だが結界は消えず、手には硬い感触。

また手で叩く。消えない、叩く。消えない、叩く。

そうして何度か繰り返した後、今度は収納スキルを発動する。

すると、俺の手は結界があった場所をするりとすり抜け、そのまま進んだ。

「おっと――これでどうでしょうか。まだ発動率は低いですが、しっかりと消すことができたでしょう？」

要望通り消してみたけど、収納スキルを使ったことはバレてないよな？

内心で怯えながら話しかけると、王女はニヤリ、と今までとは違う笑い方をしていた。

なんだろう、いやらしいというか、悪巧みをしているというか、どこか悪意に満ちた、決して善いものではない顔をしている。

「ええ。お疲れのところわたくしの我儘を聞いていただき、誠にありがとうございました。本日はゆっくりとお休みください」

不気味な笑顔を消して、いつも通りの笑顔に戻った王女が退室を勧めてくる。

俺もこれ以上ここにいたくないから、素直に言葉に甘えるけど……

さっきまでより態度が丁寧になったような気がする。なんかおかしいよな。

……まあいいか。今考える必要はない。ひとまずは部屋に戻ってから考えよう。

「では王女殿下。本日はこれにて失礼させていただきます」

今度は頭に何もぶつけることなく立ち上がり、王女に一礼してから自分の部屋へと向かったのだった。

＊＊＊

「ふふふっ」

部屋の中に、どこかから笑い声が響きました。

「ハンナ殿下。どうかいたしましたか？」

「どう、とは？　何もないけれど」

尋ねてきたメイドにそう答えますが、彼女は首を傾げます。

「そうでしたか。笑っておられたので、何か我々にするべきことがあるのかと思った次第でした」

どうやら私は、無意識のうちに笑っていたようですね。

「大丈夫、なんでもな――いえ、そうね。貴女はあの男のことをどう思う？」

「あの男、とは『出来損ない』のことですよね。どう、と言われましても特には……」

「そう。貴女は？」

別のメイドに聞いてみても、同じような言葉が返ってきました。

そのことに、私は思わずため息を零してしまいます。

彼女たちも、私と同じ判断を下せるだけの情報をもっている筈なのだけれど……

「殿下。それほどお気になさるとは、あの男には何かあるのでしょうか？」

「ええ。あの者がスキルを完全に使いこなせるようになれば、私たちの願いは一気に進むことになるのよ」

そう答えたのですが、メイドたちは未だにどういうことなのか分かっていないようです。

情報と認識の共有は重要なことなので、しっかりと説明することにします。

「私たちは魔族や亜人たちと戦争をしているけれど、数的に優位である筈の私たちが攻め切れていないのはなぜだと思う？」

「魔族たちの国の要所に、結界が張られているからです。それによって、街や砦(とりで)を落とすのに時間と労力がかかり、せっかく奪取してもすぐに取り返されてしまっています」

このメイドの答えは正解です。ですが、なんでそこまで理解していながら分からないのでしょうか？　不思議でなりません。

「その通り。その要所の一つである国境の砦を落とすのは困難で、当然、迂回(うかい)して後方の街を落とすこともできない。そんな状況では、魔族の駆逐は遅々(ちち)として進まない……だけど、あの者のスキルがあれば話は変わるわ」

そこまで言うと、どのメイドもハッとした表情になりました。

流石にこれで分からないようだったら、クビにするしかないからほっとしました。

「あの者に結界を消してもらえれば、それだけで今まで落とせなかった砦を落とすことができるでしょう。もしかしたら首都すらも落とせるかもしれないわ」

奴ら——魔族たちは、結界さえ張っていれば私たちなんて怖くないと思っているでしょう。

そしてその結界に頼りきっているからこそ、防衛に割いている戦力はそこまで多くありません。

その結界が突然なくなればどうなるか……結果は分かりきっています。

あの連中を蹂躙できることを考えると、ついつい笑みが漏れてしまいました。

「ですが、大丈夫でしょうか？　あの者は殿下に敵意を持っていたようですし」

メイドが心配そうな表情で聞いてきますが、首を横に振ります。

「そのための契約書よ。あれがある限り、あの者が私たちを裏切ることはできないわ——とはいえ、契約書の有効期限は二ヶ月。あと一ヶ月ほどで、新たな『枷』をつける必要はあるわね」

また契約を結んでも、あるいは別の手段でも構いません。

ああ、他の勇者たちを使うというのもいいですね。彼は彼自身が言うほど割り切れてはおらず、勇者たちに情が湧いているようですから。

ふふっ。

それにしても、彼のような者を呼び出すことができるとは、私たちはとてもツイていますね。いえ、それすらも必然なのでしょうか。

魔族どもを滅ぼし、人の世界を作り上げるべく天の遣わした使徒。それが勇者なのですから。

「……これから、楽しくなりそうですね」

第3章　獣人少女

王女との密会から三日後。

ガタガタと馬車に揺られながら、俺たちはとある場所に向かっていた。

「今回は少し遠いんですよね？」

「みたいだね～。なんでも敵も少し強くなってるらしいよ」

「私たちも強くなってはいるけど、やっぱり初めての魔物が相手だと、少し緊張するわね」

今回向かっているのは、今まで訓練のために行っていた森とは違う場所。

そろそろ別の敵とも戦うべきということで、そちらに行くことになったのだ。

しかし俺としては、その理由は嘘だと思う。

なにせ、今日の場所にいる魔物は魔術を使ってくるらしいのだ。

俺が魔術を無効化できると分かった途端にコレということは、俺がスキルを使いこなせるように鍛えるつもりであることは確実だ。

王女は俺を利用するつもりなんだろうが……俺としても実戦経験が積めるので願ったり叶ったりだが。

俺のために巻き込まれていると考えれば、海斗くんたちに悪い気もするけどね。


「やっぱりいつもより時間かかったな」

「そうね。でも、これ以上早く移動したいなら馬に乗れないと無理よ」

「馬かぁ。今までは戦闘訓練ばっかりだったけど、これからはそういうのも必要だね～」

「まあそれも帰ってからの話よ。ここからは、もう油断しないように行きましょう」

海斗くんの言葉通り、いつもより時間をかけて、俺たちは今日の目的地に到着した。

三人が話し終わったところで、俺と永岡少年も加わって、簡易拠点を作っていく。

今回も護衛の騎士が同行している。最初の遠征の時は彼らが拠点を作っていたのだが、今ではそういった作業も自分たちで行うよう言われていた。

全部勇者たち自身でできるようになってもらわないと困る、という理由だな。

この数回ですっかり慣れてきたので、手早く作業を終わらせる。

そして一息ついたところで、とうとう森の中に進むことになる。

ここでも、護衛の騎士がついてくることはなかった。

今は基本的に、俺が索敵しながら、先頭を進むことになっている。

スキルを磨き上げた他の勇者たちに比べてあまり戦力にならないからと、自分から申し出たのだ。

脳内辞典のおかげで索敵の知識はあるし、いざという時には盾役になるから攻撃に集中してほしい……という理由でみんなには納得してもらった。

まあ、本当は探知を使えるからなんだけどね。

もちろん、みんなにそのことを知らせるわけにはいかないので、探知をしつつ索敵するフリをして、みんなを誘導している。

そうして今日も先頭を進みながら、後ろのみんなに気づかれないように探知を張り巡らせた。

こうやって使い続けた結果、今ではけっこうな広範囲を、魔力の有無まで探知できるようになっている。

その中に小さな反応が無数にあったが、これは違う。

小さい反応だから絶対に雑魚だとは言い切れないのだが、この反応は俺たちから逃げるように移動しているので、ただの小動物だろう。

それよりも、もう少し離れたところに、大きな魔力反応が六体分あった。

……このくらいなら、俺たち五人でも十分に倒せるかな？

俺はそちらの方に進路を変えつつ、振り向いてみんなに告げる。

「魔物と思われる痕跡を見つけた。準備はいいかい？」

初めての場所だからか緊張しているのが伝わってくるが、みんなしっかりと頷いてくれる。

俺はそれを見て、魔物のもとへ先導していくのだった。

反応があった場所にいたのは、猿の集団だった。

しかしただの猿ではない。

全身が灰色の毛に覆われていて、喉元（のどもと）はコブのように大きく膨れている。

一匹だけなら怪我や病気かもしれないけど、六匹全部がそうだ。

脳内辞典によると、あの魔物は『絶叫猿（ぜっきょうざる）』という種族らしい。

喉から発する叫びに、強化や弱体化の魔術を乗せてくるそうだ。

みんなに目配せをして、戦闘の確認を取る。

全員が頷いて武器を構えたのを見て、指でカウントする。

3……2……1……

俺が最後の指を折ると同時に、戦闘が始まった。

「剣舞！」

まずは海斗くんが先陣を切る。

スキルによって空中に三本の剣が生み出され、それが猿へと飛んでいった。

海斗くんのスキル『剣舞』は、魔力を使って半透明の光る剣を空中に生成し、操るというもの。

絶叫猿たちは海斗くんの声でこちらに気づきはしたようだが、飛来した剣を避けることはできなかった。

三本の剣はそれぞれ別の猿に当たり、そのうち一本は頭を貫いている。

――キエエエェェエェ！

いきなり仲間を倒されて混乱する猿たちが雄たけびを上げる中、今度は永岡少年がスキルを発動する。

「雷槍！」

彼はスキル名を叫ぶと共に、雷でできた槍を投げつけた。

彼のスキル『雷槍』は、名前の通り、雷でできた槍を投げつけるスキルらしい。

『らしい』というのは、彼自身が俺たちに正確な説明をしてくれず、戦っている姿から情報を得ることしかできないからだ。

ともかく、永岡少年が投げつけた槍は一体の猿を貫いたかと思うと、バチバチと雷の強さを増していく。

直後、強い光が辺りを照らし轟音が鳴り響いた。

「「うわっ！」」

「「きゃああ！」」

スキルを使った本人以外、俺を含めた全員の悲鳴が聞こえる。

そうして光と音が消えた後、閉じていた目を開けると、猿たちは一匹も生き残っておらず、焼け焦げた死体が残るのみとなっていた。

「凄い……」

「はっ！　なんだ、こんなもんかよ。強くなってるっつっても変わんねえなぁ！」

猿の死体に近づき足で転がす永岡少年。

「おい出来損ない！　次はどこだ。さっさと探せ！」

上から目線で命令されるのは多少ムカつくな、いいけどさ。

一応俺もスキルが使えるようになったということになっているんだが、彼の中での評価は変わらないようだ。

俺はため息をついてから、再び森を進むのだった。


その後も同じように探索を続けていた俺たちだったが、とある異変が起きた。

「いやだ！　だれか！　だれかあああぁぁ！　うわあああああぁぁぁ！」

森の奥から、男性の叫び声が聞こえてきたのだ。

どうせなら女の子の方が助けがいがあったんだが……

なんて冗談交じりに考えていると、海斗くんがそちらの方へ駆け出し、桜ちゃんもそれを追って走っていった。

「あっ！　待ちなさい二人とも！」

環ちゃんが呼び止めるが、二人はそのまま森の奥へ消えていく。

はぁ、仕方がない。

「行こう。彼らだけにしておくのは危険だ。永岡くんもいいね」

永岡少年が口を開きかけたが、俺は答えを聞く前に走り出す。

こうすれば後からついてくるだろう。まぁついてこないにしても、拠点に戻って騎士に報告してくれる筈だ。


「うわあああぁぁ！」

少し走ると、声の主である上等な服を着た太った男と、巨大なカマキリに似た昆虫型の魔物の姿が見えてきた。

男の方は、使えるようには見えないが剣を持っている。

あれじゃあ気休めにもならないのでは、と思った直後、剣の刃の部分から炎が噴き出した。

どうやらあれは魔術具のようだ。

だが、失敗作なのかそれとも使い方が悪いのか、噴き出した炎は剣を持っている男にも襲いかかっている。

「ぎゃあああぁぁあ！」

まさか自分が炎に巻かれるとは思っていなかったのだろう、男はすぐに炎の噴出を抑える。

しかも、魔物は一瞬怯んだだけでダメージを食らっておらず、反撃されたことに怒っているようだった。

威嚇音を出しながら、鎌を振り上げるが――

「剣舞！」

そこに光る剣が飛び込んできた。

海斗くんが生み出した剣に貫かれ、魔物はそのまま倒れ込む。

「大丈夫ですか！」

「あああぁぁあ」

海斗くんは男に近づきつつ声をかける。

男はその声に反応してこちらに振り向き、大声を出して手を伸ばしてきた……が、それがいけなかった。

そもそも虫というのは非常に頑丈で、生命力も強い。自身より大きなものを持ち上げたり、踏み潰されても生きていることだってあったりする。そんなものが魔物として巨大化し強化されているのだから、たかだか剣で貫いた程度で死ぬ筈がなかった。

「うあああ、あ――」

倒れていた魔物は声に反応したのだろう、起き上がり、背を向けていた男を斬り裂いた。

男の体は上半身と下半身に分かれ、空に血が舞う。

「「きゃあああ！」」

それを見ていた環ちゃんと桜ちゃんから悲鳴が上がった。

それもそうだ、魔物を殺したことはあったし、俺たちの誰かしらが怪我をすることもあったが、人が死ぬのを見たことはなかった。

俺と一緒に走ってきた環ちゃんもそうだが、もっと近く、目の前で見ていた桜ちゃんも腰を抜かしてへたり込んでいる。

「クソッ！」

男を助けられなかったことに悪態をついて、再びスキルで剣を作り出す海斗くん。

「俺はこれから海斗くんの加勢に行く！　環ちゃんは周りから敵が来ないか警戒しててくれ！」

俺はそれだけ言い残すと、海斗くんのそばで腰を抜かしている桜ちゃんのもとへ向かった。

この立ち位置では、彼女を守るために海斗くんの動きが制限されてしまうからだ。

「桜ちゃん！　ここから離れるんだ！　ここにいたら海斗くんの邪魔になる！」

「あ……彰人さん。で、でも……」

目の前で人が死んだのがよほどショックだったのだろう。まともに動くことのできない彼女を連れて後ろに下がる。

ひとまず環ちゃんの横まで移動したところで、海斗くんの戦いの様子を見る。

どうやら剣舞の力もあってか、押し込んでいるように見える。

海斗くんと魔物はどんどん移動していて、このままでは見失いそうだったので、慌ててそちらへと駆けていく。

そして……

「まずっ――」

ガキィン！

危なかった。まさに間一髪だった。

バランスを崩した海斗くんに向かって鎌が振り下ろされるところに、なんとか割り込むことができた。

「彰人さん！」

「話は後だ！　桜ちゃんは避難した！　攻撃は俺が引きつけるから全力で倒せ！」

「はい！」

海斗くんはそう返事をすると、俺の後ろに下がって集中し始めた。

俺は使い慣れた盾を駆使して、振るわれる鎌を弾きつつ移動していく。

ガキィン！　ガッ！　ガッ！　ガキィン！　ガキィン！

くっ、そろそろキツイ。海斗くんの準備はまだ終わらないのだろうか。

「彰人さん！　下がってください！」

よし、来た！

俺はその声で、前に出てきた海斗くんと入れ替わるように後ろに下がる。

海斗くんの周囲に舞う剣は今や、三本どころか、その十倍でも足りないほどの数になっていた。

「これで！」

海斗くんの号令で降り注ぐ剣。それが直撃する寸前、魔物が魔術を使った。

生み出されたのは、当たれば確実に命を落とすであろうサイズの石の塊。

俺も海斗くんも警戒するが、石は見当違いの方向へ飛んでいく。

その先を見れば、緑色の髪の女の子がいた。

なっ、なんでこんなところに女の子が⁉

——ドガンッ！

どうしようもできないまま、石が少女の近くに着弾する。

直撃しなくてよかったが、衝撃で飛んだ枝や小石が少女を襲う。

しかしその子は、悲鳴すらあげることなく、ただ前を見ているだけだった。

同時に海斗くんのスキルが魔物に直撃するが、トドメにはなっておらず、魔物が再び魔術を使った。

「なっ⁉　こいつ！」

海斗くんがすかさず攻撃するが、間に合わないと判断した俺は少女の方に向かって走る。

「消えろ！」

放たれた魔術が少女に直撃する前になんとか追いつき、収納で消し去ることに成功した。

海斗くんの方も、トドメを刺せたようでこちらに向かってくる。

「彰人さん。お疲れ様です」

「ああ、海斗くんもお疲れ様」

「いえ……ところでこの女の子は？」

「さあ？　なんか狙われてたみたいだけど――ねえ、君はどこの誰か聞いてもいいかな？」

へんじがない、ただのしかばねのようだ。

……いや、冗談抜きで返事どころか反応がない。普通に生きてるみたいだけど。

「どうしましょうか？」

「うーん、そうだねぇ……」

脳内辞典を使ってこの子の状態に似たものを探してみたら、奴隷に使う魔術具によるものじゃないかという結論に至った。

なんでも、同意なく奴隷とする時に暴れられないように、相手の自由意志を奪うため魔術具を使うことがあるらしい。

首輪もついてるし、多分これが原因だな。となると……

「恐らく魔術具によるものだと思う。解除の魔法が分かればいいんだけど……周囲にヒントになりそうなものはないかな？」

「それらしいものですか？　えーっと、……あ！　あれじゃないですか？」

海斗くんの指差す方にはボロボロになった馬車が倒れていた。

なるほど、恐らくさっきの男が奴隷商で、馬車で運ばれている最中に魔物に襲われた、と。であれば、あの中に、この子を奴隷として縛っているものがある筈だ。

「多分そうだろうね。よし、じゃあ探しに……っと、その前に海斗くんは、環ちゃんと桜ちゃんの様子を見てきてくれないかい？」

「あっ……分かりました。ここに集まればいいですか？」

「うん。だけどそんなに急がなくてもいいよ。むしろゆっくりと彼女たちを落ち着かせてほしい」

分かりました、と言って海斗くんは二人のもとへ走っていった。

さて、こっちもやることをやっちゃわないとだな。

とりあえず探知を発動させておけば、この子は一人にしておいても大丈夫だろう。

そう思ってよくよく少女を見てみたのだが……なにかがおかしいような？

しゃがみこみ、よく観察したところでそれに気づいた。

「うーん……ん？　あっ！」

この子、獣人だ。

髪の毛がぼさぼさで隠れていたのだが、よく見れば頭の上に耳がついている。

獣人というのは魔族と協力し人を襲い、喰らう種族である——それが王女が俺たちに教え込んだ情報だ。

もちろん、俺には魔術師の爺さんの脳内辞典があるから、獣人というものが獣の特徴を備えた人種でしかないことは知っている。

俺は最初っから王女のことを信用していないので、あの言いようは嘘だろうと思っているんだけど……海斗くんたちはどうだろうか。

まあいいや、とりあえず馬車に行ってみるか。


馬車の残骸(ざんがい)の中には、首輪をつけた人の死体があった。

恐らくは襲撃の時に死んだのだろう。どの死体にも、さっきの少女と同じように奴隷の首輪がついている。首輪をつけていない人はいないってことは……さっきの男が商人兼一時的な主人だったんだろう。

「あった。これだな」

それらをよけて馬車を漁っていると、貴金属と共にいくつかの書類を見つけた。

やっぱり奴隷の契約書みたいだな。一枚はマニュアルみたいなもので、首輪の魔術の解除方法も書かれている。

契約書の方はどうやら人数分あるみたいだけど、名前が分からないので、どれが彼女のものか判別できない。

しかたない、とりあえず全部持っていくとして、ちょっと細工をしておくか。

それともう一枚、あるものを書いておきたいんだが……紙とペンがあったな、これを使おう。

彼女は獣人だったから、人間の言葉と文字が分からない可能性も考慮して、脳内辞典にある獣人の文字を使ってみるかな。

ほんと、あの魔術師の爺さんのおかげで大助かりだな。

そうして準備を終えた俺は、書類と貴金属類を持って少女のもとに戻る。

「あっ！　彰人さん！　魔術具はありましたか？」

「海斗くん。環ちゃんと桜ちゃんも……二人はもう大丈夫なのかい？」

少女のもとに戻ると、海斗くんが環ちゃんと桜ちゃんと一緒に待っていた。

目の前で人の死を見た彼女たちはもう大丈夫なのだろうか？

「大丈夫、とは言い切れないです……」

「でも、座ってるだけじゃダメだから」

……驚いた。

よく見れば体は震えているけど、二人は立ち上がることができたのか。

以前の環ちゃんの取り乱しようからすると、今日はもう無理だろうと思っていたのに。

どうやら俺はこの二人の少女のことを甘く見すぎていたみたいだ。

「そうか。でもあまり無理はしないでね」

二人が頷くのを確認して、俺は襲われていた少女を見る。さっきから微動だにしていない。

「馬車の中はひどい有様(ありさま)だったから、三人は見ない方がいいと思う。それで……三人とも、気づいてるかい？」

「何にですか？」

首を傾げる海斗くんたちに、俺は告げる。

「この子、獣人だ」

「獣人⁉」

「うそっ！　この女の子が⁉」

「彰人さん離れてください！　危ないですよ！」

三人はそれぞれ武器を構えて距離を取る。

ああ、やっぱり王女の嘘を信じ込んじゃってるか。

「落ち着いて、大丈夫。この女の子は魔術具で操られてるから暴れることはないよ」

「ですが……いえ、それでどうするんですか？　城に送るんですか？　それとも……殺すんですか？」

「いや。奴隷として縛られているってことは主人がいる筈だ。それを勝手に殺したりすれば問題になる。だから――」

獣人の少女――耳の感じからすると、多分イヌ科の獣人――についている首輪に手を当て、少女を縛っている魔術を解除する。

途端に、少女の体がビクッ！　と動き、虚ろだった目に光が戻った。

「……」

「君の名前は何かな？　素直に話してくれれば痛いことはしないよ」

少女が声を出す前に話しかける。

少女は俺の言葉に困惑したように視線をキョロキョロと彷徨（さまよ）わせているが、答えない。

どうしたんだ？　答えてくれないと困るんだが……

……ああ、そういえば、今のは人間の言葉で話しかけてたか。多分人間の言葉が分からないのだろう。

えっと、確か獣人の言葉だと……

そう思って言い直そうとしたが、その前に少女が口を開いた。

「イリン」

イリン。それが彼女の名前なのだろう。どうやら言葉は分かるらしい。

さっきは緊張していたのか困惑していたのか、まあそんな感じだったんだろうな。

「そうか。イリン、俺の名は彰人だ。君は獣人で奴隷にされた。で、合っているかな？」

「……はい」

イリンは弱々しく頷く。

正直この子を助ける義理はないけど、現状俺の命がかかってないのに見捨てるのも気に入らないし、ここでこの子を――獣人を助けておくことは海斗くんたちのためにもなるだろう。

「イリン、イリン……ああ、これか」

俺は細工をした契約書の中から、イリンの名が書かれたものを取り出す。

そして、海斗くんたちからは見えないように注意しながら、さっき獣人の文字で書いた紙を重ねて、イリンに見せた。

このもう一枚の紙は、彼女にこう動いてほしいという指示書になっている。

「……これは君の契約書で間違いないかな？」

契約書と言ったが、実際に見せているのは契約書の上に重ねられた指示書である。

「………………」

「どうなんだい？　言葉は分かるんだから、なんとか言ってほしいかな」

「……はい」

ニヤリ……おっと、どうやらなんとかなりそうで、思わず笑みが零れてしまった。

俺はこの子を助けるべく更に続ける。

「そうか。ならこれを持っていくといい」

俺はそう言って、今見せていた指示書と細工をした契約書をまとめて丸め、袋に入った貴金属と一緒に渡す。

「彰人さん!?　なぜそんなことを！」

「それがこの子に課せられた契約だからだよ——これを見てくれ」

俺はそう言って、イリンに渡したものと同じ細工がされている別人の契約書を三人に見せる。

「契約書？　えっと、これは？」

「一見普通の契約書だけど、端の方に但し書きみたいなものがついてるだろう？　色々書いてるけど、要約すると『獣人の能力の検証を兼ね、金を渡して放した場合、奴隷はどうやって帰ってくるのかを監視する実験を行っている』『この奴隷は実験対象であり、脱走したものではない』ってところかな。さっきの男は、輸送係か監視員だったんだろうね。まぁ、実験というより遊びみたいなものだと思うけど」

「遊び……」

複雑そうな海斗くんの横で、環ちゃんが聞いてくる。

「でも、もしそのままお金を持ち逃げしちゃったらどうするんでしょうか？」

「それは契約書があるから逃げられはしないさ——そういうわけだから、さっき見せた『命令』に従って行動するといい」

イリンに向かってそう言うと、彼女はこっちを警戒しながら背を向けることなく後ろに下がっていき、姿が見えなくなるとガサガサッと音を立てて逃げていった。

よしよし、俺の出した指示通りだな。

「本当によかったんでしょうか」

「それが契約なんだから仕方がないよ」

俺の言葉に、海斗くんはそれ以上何も言わなかった。

「でも驚きでした。あんな子が獣人だなんて。もっと怖い感じかと思ってました」

「私もだわ。人を食べるっていうくらいだから狼男みたいなのを想像していたわ――うっ」

拠点に向かいながら話していると、環ちゃんが気分悪そうに口元を押さえる。

「どうしたんだ環。大丈夫か」

「いえ、なんでもないの……ただちょっとあの男の人を思い出しちゃって」

「あっ……」

彼女が言ってるのは、魔物に斬られた小太りの男のことだろうな。

まぁ、さっきは強がってたけど、気分が悪くなるのもしょうがないだろう。

環ちゃんにつられて桜ちゃんと海斗くんも気分が悪そうにしている。

海斗くんは大丈夫そうだったが、全く問題ないわけではなかったようだ。

「三人とも、気にするなとは言わないけど、気にしすぎない方がいいよ。今後は嫌でもそういう場面に出くわすだろうし」

魔物や魔族と戦わされるんだ、そうなる可能性は高い。

でも三人はそれを聞くと、更に雰囲気を暗くしてしまった。

「ああして死んでしまう人が減るように強くなったんだし、これからも強くなるんだろ？　――もちろん、元の世界に帰るためってのもあるけどね」

「そう、ですね……ああ。そうだ、俺はそのために強くなったんだ——彰人さん、ありがとうございます！」

「ははっ、お礼を言われるようなことは何もしていないよ。俺は大したことはできないけど、これからも君たちを応援しているよ」

「彰人さんだってスキルが使えるようになったじゃないですか。一緒に頑張りましょう！」

「あ、ああ、そうだったね。ははっ。それじゃあこれからもよろしく」

「はい！」

危ない、スキルのこと、すっかり忘れていたよ。

海斗くんは満面の笑みを浮かべているし、もう大丈夫だろう。色々あって感覚が麻痺(まひ)しているだけかもしれないけど、順応性が高いのか、元々それほど落ち込んではいなかったみたいだし。

後の二人は城に戻った時の様子を見ながら追い追いって感じかな。

……あっ、永岡少年のこと忘れてたけど……まあいいか。探知で見た感じ、もう拠点にいるみたいだし。

それとあの獣人の子、イリンはちゃんと逃げられるかな？　一応できる限りのことはしてあげたから後はあの子次第なんだけど……こればっかりはもう祈るしかないか。

……はぁ。今日は……というか今日も色々あって疲れたから少し休みたいな。

帰ったら王女に報告しないといけないから、帰りの馬車の中くらいはゆっくりしたいもんだ。

……それにしても、『これからもよろしく』か。どの口でそんなことを言うんだろうな……俺はみんなを置いて逃げるっていうのに。

＊＊＊

「なんだか男の友情って感じだね、環」

「そうね……ちょっと羨ましいわね」

「うん――でも羨ましがってるだけじゃダメだよ。私たちも勇者なんだから」

桜はそう言って、前を進む彰人さんと海斗の背を追って走っていった。

すごい。やっぱり桜は私なんかと全然違う。

桜はいつも、私のことをすごいと褒めてくれるけど、それはただ心配させないように必死で耐えてるというだけ。本当にすごいのは桜の方。

私は桜のようにそこまで割り切ることはできない。

初めて魔物を殺した時だって、彰人さんがいなければ私は潰れていたと思う。

――彰人さん。

はじめこの世界に飛ばされてきた時には、なんだか頼りなさそうなんて思ってた。

桜たちや王女様の話を聞く限りでは、スキルというものが重要なのに、それを持っていないということもあって、ますます心配になった。

彼は弱いんだから、私たちが、私が守ってあげないと。そう思っていた。

でもそれは、今になって思えば、誰かを下に見ることで心の平静を保とうとしたんだと思う。自分より下がいるんだから大丈夫、と。

でもそれは間違いだった。彼は私が助けなくちゃいけないような弱い存在じゃなかったし、むしろ、私たちの中で一番強かった。

彰人さんが城の人たちに蔑(さげす)まれているのは知っていた。時にはいじめのようなものがあったのも。

それでも私は彼を助けることはなく、ただ見て見ぬ振りをしているだけだった。

そんな彼は、いつの間にか周りの貴族や使用人たちから蔑まれることもなくなって、私たちの中心にいた。

私たちが困っていると『王女様』なんてとてつもなく偉い人に話に行き、次の日には笑いながらもう大丈夫だと話す。

私は彼のようにはなれない。

桜のようにもなれない。

海斗のようにも永岡のようにもなれない。

勇者の中で私が一番劣っている。


でもそんなことは知っている。

それでも私は前に進まなくちゃいけない。

たとえ劣っていたとしても、そんなことは言い訳にはならない。しない。

私たちが魔物との戦いでくじけそうな時に助けてもらった恩を返すため。

私が潰れそうになった時に救ってもらった恩を返すため。

何より、彼のそばにいるために、私は前に進まなくちゃいけない。

——弱くて、情けなくて、かっこ悪い私だけど。いつかはあなたの横に立てるようになりたいから。


だから——

「環ちゃん！　大丈夫？」

「大丈夫です！　すみません遅れてしまって」

「いや疲れているだろうし構わないよ……なんなら、おんぶしていこうか？」

「もう、そんな子供じゃありませんよ！」

「ははっ。ごめんごめん」

――だから、もし私があなたの横に立てるようになった時は、その時は……

＊＊＊

私はイリン・イーヴィン。狼人族の里に住む子供。

狼人族は、いえ、狼人族に限らず人間以外の人種――亜人はそれほど数が多くない。少なくとも私の知る範囲では。

その理由は今私が置かれている状況と同じ。

ここは森の中。私はガタガタと揺れる馬車でどこかに運ばれている。手足に鎖をつけられ首輪されながら、だけど。

つまり、誘拐されている。

そう、人間は、亜人である私たちのことを攫って、奴隷として売り払うのだ。

しかも大人は力があるから、狙われるのは子供で、そのまま死ぬまで解放されないことが多い。

そのこともあって、亜人の数は減っている。

この馬車には私の他にも、一緒に遊んでいた友達が乗せられていた。

手足は拘束されているけど、檻などで閉じ込められているわけではない。

その状況だけ見れば簡単に抜け出せそうだが、それはできない。

私たちがつけているこの首輪には魔術がかかっている。そのせいで、意識はあるのに手足を動かすどころか、身じろぎすることすらできないのだ。

……このまま連れていかれたら、私はどうなるんだろう。

いや、考えるまでもなく、遊びの相手にされるに決まっている。それが性的なものか暴力的なものかは分からないけど、どっちも大して変わらない。

いずれにしても、あるのは絶望だけだ。


私が攫われてもうどれくらい経っただろう。二週間は経ったと思うけどよく覚えてない。

攫われてからほとんどなにも食べてないし、体を動かすこともできないから、景色を見るか眠るくらいしかできず、もう時間の感覚も曖昧(あいまい)になっていた。

……お腹すいたな。このまま死ぬのかな。

そう人生を諦めていた時、狼人族としての本能が警鐘(けいしょう)を鳴らした。その直後——

——キイィィィィィ!!

とっても耳が痛くなる音を出しながら、虫の魔物が森の中から飛び出してきた。

「ま、魔物!?　なんで!?　魔物よけはしっかりと焚(た)いていた筈なのに！」

私たちを捕まえた男が何か言っているけど……魔物よけってもしかして、ちょっと前に馬車から落ちた、煙を出していた物のことかな？

「ひいぃぃ！　く、来るな！　来るなああああ！」

——キュイィィイ！

魔物がその手についている鋭い刃で馬車を斬りつける。

この馬車には護衛がいない。普通は馬車で移動する際は護衛をつけるものだと思うけど、多分さっき言ってた魔物よけっていうのを当てにしてたんだと思う。

何も遮るものがない刃は止まることなく、中にいた私たちごと馬車を真っ二つにした。

幸い私は刃に当たらなかったけど、一緒にいた友達は斬られてしまっていた。

しかも馬車が横転した勢いで壁に激突し、そのまま動かなくなった子もいた。

私は奇跡的に大怪我はしなかったが、身動きが取れないので、受け身を取ることも逃げることも、それ以前に悲鳴をあげることもできないまま、馬車から放り出される。

「いやだ！　だれか！　だれかあああぁぁ！　うわああああぁぁぁ！」

代わりに、というわけではないけど誘拐犯の男が叫びながら走って逃げていった。

そのおかげで、私は気づかれることなく無事に生き残ることができた。

でも……

どうしよう。助かったけど、動くことができない。誰か助けてくれないかな……

魔物に襲われなかったとはいえ、魔術具のせいで身動きが取れないんだからどうしようもない。

それに、誰か助けてくれないかなんて考えたけど、よく考えれば誰が助けてくれるんだろう？　ここはもう人間の国だと思う。そんなところで生き延びても、奴隷になるのは変わらない。ただ主人となる相手が変わるだけ。

そう考えていると、誘拐犯の男が向かった方でなにかの音がした。

……誰かが戦ってる？　誰だろう。あの男ではないのは確かだけど。

戦いの音が激しくなったと思ったら、武装した男の人と、さっきの魔物が現れた。

男の人は手に持った盾で魔物の鎌を防ぎ、立ち回り、躱していく。

そして彼が下がった瞬間、もう一人の男の人と、沢山の光る剣が現れた。

あんな魔術、見たことがない。そもそも獣人という種族は魔術が得意じゃないから、私も詳しくはない。でも、あの魔術が珍しいことは確かかと思う。

その光る剣が降り注ぐ直前、魔物は魔術で石を作り出したかと思うと……こちらを見た。

——ああ。私は死ぬんだ。

その瞬間、私はそう理解できた。

あんな石が飛んできたら確実に死ぬだろう。

それが分かっていても、恐怖心は湧いてこず、むしろ奴隷になるよりはマシかな、なんて思ってしまう。

——ドガンッ！

直後、石は私の体のすぐ近くに着弾した。

その石が岩とぶつかったせいで、小石や枝なんかが飛んできて痛かったけど、悲鳴をあげることもできない。

私を狙うなんて余計なことをしていたせいで、魔物は大量の剣を避けることができずに貫かれていく。

なんで私のことを狙ったのか分からなかったけど、とりあえず魔物は死んだ――筈だった。

しかし魔物はまだ生きていて、起き上がったかと思うと再び私の方に向かって魔術を使い始めた。

消耗(しょうもう)しているせいかさっきよりも魔術の完成が遅いけど、それでもこのままでは私は死ぬ。

そう思うと途端に怖くなってきた。さっきはなんとも思わなかったのに、どうして……

――いやだ。いやだいやだ！　死にたくない！　死にたくないっ‼

いくらそう思っても、私は指一本動かすことができず、ただ見ていることしかできなかった。

――誰か。誰か！　誰でもいいから助けて！　いやだ、私はまだ……誰か！

『誰か』、なんて誰だろう？　可能性があるとしたらあの魔物と戦っていた人たちだけど、あの人たちは人間で私は獣人。わざわざ助けにきてくれる筈がないのに。

恐怖のあまり目を閉じることもできず、迫り来る石を見ていることしかできない――そんな私の前に、さっき魔物と戦っていた男の人が現れる。

「消えろ！」

そしてそう叫んで、迫り来る石を消してしまった。

たす、かった？　……たすかった。助かった。生きてる。よかった。私は助かったんだ！

助けてくれたのは人間で、この後ひどいことが待っているかもしれないのに、私はそんなことを忘れてただ生き残ったことを喜んだ。


――何が起こっているんだろう？

あの後、私は助けてくれた男の人と、その仲間らしき人間たち四人に囲まれていた。

そして、私を助けてくれた人はなんだか私のことを見ている。私が売り物になるか確認しているんだろうか？　それともこの人が私の主人になるのかな？

……そうだったらいいな。この人は私を助けてくれたし、そんなにひどい扱いをしないと思うから。

そんなことを思いながら四人の会話を聞いていると、どうやら私が獣人であることに、仲間の人たちが驚いているみたいだった。

私は人間の言葉がそこまで得意ではない。喋（しゃべ）るのも上手くないし、聞き取りはできるけど単語を間違えることも多い。でも反応を見る限り、聞こえてきた言葉に間違いはない筈。

どういうことだろう？　私は耳も尻尾もあるから、人間と見間違えることはないと思うんだけど……

あっ。でも今は座っているから尻尾は見えづらいし、髪はボサボサだから耳も見えづらくなっているかもしれない。

どうしよう。もしかして私を助けてくれたのは人間だと勘違いしたから？　仲間の人たちは武器を構えて警戒してるみたいだし……そう思っていると、彼は私の首輪にかかっていた術を解除した。

「君の名前は何かな？　素直に話してくれれば痛いことはしないよ」

そう言われたけど、本当に答えていいんだろうか。

キョロキョロと周囲を見回してみるが、答える以外の選択肢はなさそうだということしか分からなかった。

素直に答えると、彼は手に持っていた紙を見せてきた。

「……これは君の契約書で間違いないかな？」

……『読め』？

契約書と言われて出されたものに書かれていたのは、人間の言葉ではなく、私たち獣人の使う文字だった。

里では基本的に文字を教えたりしないけど、私の家は里の長の家系らしいからお母さんから教わっていた。

だから読むことができたんだけど、書かれていたのはとても契約書とは思えないようなものだった。

内容は、
助けてやるから生き残りたかったらここに書かれている通りにしろ。
・金を渡すからそれを使って逃げろ。
・今つけている首輪は外さないこと。
・誰かに見つかった際は、主人からの命令だと言ってこれから一緒に渡す契約書を見せろ。
・悪事を働くな。
・これから言う嘘に話を合わせろ。
……というものだった。

正直、何が何だかよく分からない。

なんでこんなことをしているの？　本当に助けてくれるの？　でも彼は人間なのに信じていいの？

そんないろんな疑問が私の頭の中を駆け巡る。

「どうなんだい？　言葉は分かるんだから、なんとか言ってほしいかな」

そう聞かれても、このよく分からない状況でどうすればいいのか、まだ考えがまとまらない。

「……はい」

とりあえず相手を怒らせないように頷いておく。

すると私を助けてくれた彼はニヤリと笑って、重い小袋と今見せてきた紙と、それに重ねられていた紙を渡した。

話の流れからして、これはお金と契約書なんだと思う。

そうして話が進んでいくと彼が『行け』と合図をするので、何が目的なのか分からないから警戒しながら背後の森に逃げる。


しばらく走っても何もない。誰も追ってこない。本当になんだったんだろう？

これからどうしようかな。あの人の言った通りにこのお金を使って逃げれば——里に帰ればいいのかな？

でもここは人間の国だし道が分からない。

それに本当に里に帰っていいのかも不安だった。

もしかしたら私を逃したのは、私の跡をつけて里の場所を知ろうとしているんじゃないの？

分からない。どうすればいいのか。あの人は信じてもいいんだろうか……

もし私を騙しているのなら里に帰れない。けど……どうなんだろう？　私はどうすればいいのかな……


答えが出せないまま、森で何日も過ごしていると、森の中から激しい音が聞こえた。

今までも魔物同士の戦いに遭遇したことはあったけど、今回のはなんだか違う気がする。

……見に行ってみようかな？

それがバカなことだって分かってる。でも、なんでかそうした方がいいような気がして私は音のする方へ向かった。

もう戦闘音はしてないけど話し声は聞こえるので、姿を隠し気配を消しながら近づいてみる。

するとそこには魔物が倒れていて、そのそばにあの男の人がいた。

どうしてここに？　思い通りに動かない私を処分しにきたの？

そんな私の愚かな考えは彼の一言で霧散（むさん）した。

「――あの獣人の子はちゃんと帰ったかな」

その言葉だけ聞けば、里の場所を探すためのものにも思える。だけど彼の表情や声から、そんなことはないと理解することができた。

私は馬鹿だ。あんなにも助けてほしいって願ったくせに、いざ助けてもらったら恩人を疑っている。彼は本当に、ただ私を助けようとしただけなのに。

「あの子の耳と尻尾に触りたかったな……それに髪の毛もだけど、ブラシをかけてあげたかった……」

私は自分の顔が赤くなるのを感じた。

獣人の女性にとって、耳や尻尾は家族のような親しい間柄でしか触らせることはないものだ。

髪の毛もそうだけど、尻尾などの体毛にブラシをかけるというのはプロポーズの定番なのだ。

まだ成人の儀を行なっていない私は、大人扱いされたことがない。成人の儀をしないと子供が産めないのだから、当然告白なんかもされたことはない。

それなのに、こんな状況で言われるなんて。

私に直接伝えたわけではなかったけど、それはお互いの立場とあの時の状況を考えれば仕方がないこと。

どうしよう。どうしよう。どうしよう。

彼を見つける前までとは違う『どうしよう』が頭の中を埋め尽くす。

でも、はたと気づく。私にそんな資格はあるのか、と。

私は善意で助けてくれたあの人を、今の今まで疑い続けていた。そんな私が『どうしよう』なんて悩む資格がある筈がない。

このままじゃ里に帰れない。

その理由は、道が分からないとかじゃなくて、もっと違うもの。

あの人に助けてもらった恩を、返さないといけないのだ。

でも、どうすればいいんだろう？　あの人が喜ぶものを用意する？　ううん、無理。だってあの人はとっても強いもの。そんな人なら欲しいものはすぐに手に入れることができる筈。

ならどうすれば……

悩んで悩んで、もう一度あの人の姿を見たいと思って顔を上げると、そこにはもうあの人はいなかった。

あれからずっと考えた。どうすればあの人に恩を返すことができるのか。

昔、里にいた時、私たち狼人族の心臓は若返りの薬の材料になるって聞いたことがある。人間はみんな若返りたいらしいと聞いたことがあるので、あの人に私の心臓を渡してもいいかもしれない。でもその薬は特殊な作り方をするから、あの人が作り方を知らなかったらただの迷惑だ。それはダメ。

でもどうすれば……

いくら考えても答えは出ず、その後もずっと考えた。ずっとずっとずっとずっとずっと……

……ああ、そうだ。

とっても簡単なことだった。あの人に命を助けられて奴隷から解放された私は、あの人から命と自由をもらったと言える。

だったらあの人からもらった命と自由を差し上げればいいんだ。そうすれば間違いなく私の受けた恩をお返しすることができる。

命を助けて奴隷から解放し、挙句は獣人である私のことを好きだと言ってくれた。

なら、そんなあの人に私の全てを差し出すことになんの戸惑いがあるっていうのだろう？

私はあの人に私を捧(ささ)げるべく歩き出したけど、ふと気がついた。

この身をあの人に捧げたら、奴隷としてあの人のもとで働くことになるかもしれない。そんな私が、こんなボロボロの格好で、まともに人間の言葉も話せない状態でいいの？

常識も知らず、作法も知らず、ミスをしてあの人に恥をかかせることになってもいいの？

決まってる。そんなのいい筈がない。

私はあの人のもとに向かう前に、まずあの人に会うのにふさわしい状態になるための準備をすることにした。

――あなた様のもとに向かうのが遅れてしまいますがお許しください。私は必ずやあなた様のもとへ参ります！

まずは耳と尻尾を隠してから、近くの村で服を揃えましょう！

第4章　さようなら

「ふう。今日も疲れたな」

あの獣人の子を助けてから二週間と少し。

あの日は結局王女に報告しても何かを言われることはなく、むしろスキルが使えるようになったかをかなり気にされた。

その後もあの森での訓練を何回かこなすことになったが、特に初日のようなトラブルは起きなかった。

このまま何もなければ、俺は一週間後にはこの城から脱出することができる。

実のところ、脱出するだけならもう既に準備も終わっているし何も問題ない。だが、どうせならこの城の奴らに嫌がらせをしていきたいので、今はそのための準備中なのだ。

ベッドに横になっていつものように探知を広げ、周囲を確かめながら眠りに就こうとし——

バッ！

視線を感じた俺は跳ねるように起き上がると、収納から剣を取り出し周囲を確認する。

なんだ！　一体何が⁉

　アリ一匹見逃すまいと、外で魔物と戦う時以上に緊張感を持って周囲を警戒するが、探知に引っかかるものは何もない。

　今のはなんだったんだ？　なんというか、粘(ねば)つくというかドロドロとしたというか、いやな視線を感じた気がするんだが……気のせい？

　いや、気のせいではないだろう。さっき確かに、ありえないほどの憎悪を感じた。

　そんなに恨まれるようなことをしたか？

　海斗くんたちとの関係は良好だし、スキルが使えるようになった（ことになっている）こともあって、城の使用人たちとも打ち解けてきている。

　王女とその側近には厄介に思われているかもしれないし、永岡少年にも嫌われているだろうけど、あそこまでの視線を向けられるほどではないと思う。

　でも、だったら誰が……それに、どこから……

　そう考えて俺はハッとあることに気づき、窓際の壁にしゃがみこんで張り付く。

　気づいたこと。それはどこからあの視線を向けられたのか、ということだ。

　あれほどの感情を向けるには、その対象を直接見ないと難しい筈だ。

　そしてこの部屋の窓は、一方向にしかない。だとしたら……

　俺は壁に張り付いたまま、探知を窓の外に向ける。

　でもやっぱり、何も発見することはできなかった。

それから数分。いや、もしかしたら一時間以上は経ったかもしれない。

時間を忘れるほど集中して探知を使ったが、全く反応はない。

感知されたことに気づいて逃げたのか？

このままこうしているわけにもいかないので、警戒をしつつも緊張を解く。

手の平を見てみると、汗でビッショリになっていた。

あんな濃い感情を向けられたことなんて、生まれてから今まで一度もない。こうなるのも仕方ないだろう。

「ふう〜」

俺は立ち上がって窓のカーテンを閉めた後、もう一度ベッドに横になり、今度こそ眠ることにした。


——ピクッ。

最近は、寝ながら探知を発動するようにしている。脱出計画の実行も近いから、警戒しているのだ。

その探知に、部屋の外の反応が引っかかったため、思わず飛び起きた。

「おはようございますスズキ様。朝のお手伝いに参りました」

反応の正体はアリアンだった。

昨日の視線の主かと思って警戒したが、違ったようだ。

まあ、それも当然か。

ここは王城、この国で一番守りの堅い場所。そうやすやすと忍び込めるわけがない。

俺は感じていた恐怖を息と共に吐き出すと、立ち上がってドアを開けた。


「どうかしましたか、彰人さん？」

「なんだか顔色が悪いように感じられますけど」

「具合でも悪いんですか？」

食堂で会った海斗くん、環ちゃん、桜ちゃんの三人は、すかさず俺のことを心配してくれた。

「あはは、大丈夫だよ。流石にちょっと疲れが出てきたのかもしれないね。今日はあまり無理しないようにするよ。心配してくれてありがとう」

「そうですか？　それならいいんですけど……」

「気をつけてくださいね」

言うわけにはいかない。この城の中で誰かからの憎悪の篭った視線を感じたなんて。

もし言ったら、城の警備が強化されるだろう。

そうなれば、俺が逃げる時の障害になる。

だからここにいる間は、問題を起こすわけにはいかないのだ。

あの視線の主がどう動くか分からない以上、なにも起こらないことを祈るしかない。

訓練を終えたその日の夜も、昨日と同様に粘つくような視線を感じた。

昨日とは違って、ずっとカーテンを閉めていたにもかかわらず、だ。

「クソッ」

俺はベッドから離れ、昨夜と同じく窓のそばに張り付く。

そうすると、気持ち悪さが幾分か薄れた。俺がいる場所を予想して視線を向けているのだろう。

部屋と外を遮断していた窓のカーテンを勢いよく開けると、その途端に気持ち悪さは霧散した。

探知されると思って逃げたのだろう。

俺は警戒を解かないままではあるが、その場に座り込んでしまう。

クソッ！　ここにきてなんだよ！　あと少しでこの城から抜け出せるっていうのに……

いや待て。これはもしかして王女の仕業なんじゃないだろうか？

思っている以上に、俺は嫌われているのかもしれないな。

それにあいつは王族だ。俺たちを召喚した爺さんでも知らない魔術を使えないとも限らない。

もしそうなら、警備が厳しい筈の城にいながら、こんな視線を感じるのも分かる。

でもその場合は疑問が残る。俺と交わした契約はどうなったのか、ということだ。

契約に『命及び生活の安全を守らなくてはならない』とある以上、あんな視線を向けてくる意味がないことは、王女も分かっているだろう。

それでもこうなっているということは、契約書の効果がないことに気がついた可能性や、俺の知識が間違っていて、契約書の期限が既に切れている可能性もあるが……

しかしなんでこのタイミングで？

……もしかして俺の計画がバレたのか？　でも直接捕まえに来ないってことは、まだ泳がせていて、実際に行動したら捕まえるつもりなんだろうか。

どうしよう、脱出は延期した方がいいのか？

いや、延ばしたところで、向こうが俺を捕まえる準備が整うだけだ。

であれば、準備自体は終わっているんだから前倒しにするべきかもしれない。

……待て。本当にいいのか、それで。

落ち着け、俺。焦っちゃいけない。

……よし。計画を延期したと油断させるために一日だけ遅くしよう。それなら大した影響も出ないだろう。

もしかしたらそれすらも対応されるかもしれないけど、そこまで考えたらきりがない。

だから最大限、今まで以上に警戒しないとな。

そうして迎えた、八日後の脱出計画実行日の朝。

この期間中、例の視線は毎晩俺を襲ったが、今までと同じようにそれ以外は何もしてこなかった。

「皆様、おはようございます」

王女が俺たちのいる食堂にやってきて、席についた。

あれ以来、俺の脱出計画のことを知っているのかと、不自然にならないように様子を窺っていたが、いつもと変わらないように見える。

でも、腹芸に長けているこの王女ならボロは出さないだろうな。

朝食後も訓練やみんなとの雑談をして過ごしたが、王女たちからは何のアクションもなく、結局いつもと変わらないまま一日が終わろうとしていた。

そしてこれまたいつも通りの夕食後、これから計画を実行するという緊張でお腹が痛くなった俺はトイレに向かう。

我ながら小心者だと思うけど、そういう性分なのだ、これぱっかりは仕方がない。

この城、ひいてはこの国から逃げるっていう大仕事があるんだから、緊張もやむなしだろう。

……逃げる、か。俺はどこに行っても逃げてばかりだな……

今までの自分を思い出して苦笑する。

この世界に来る前、日本にいた時も俺はいろんなことから逃げてばかりだった。

悲しいこと、苦しいこと、怖いこと、辛いこと。

そんな、自分にとって嫌なものからずっと逃げてきた。

誰かに笑われれば、悲しくて辛い。

——だから高校、大学と進学した。学歴で馬鹿にされたり、不登校だと笑われたりしないために。

親に泣かれるのは怖くて苦しい。

——だから仕事をした。仕事に就けば親は泣かなくて済むから。

自分にとっては辛くてやりたくなかったけど、働かずに悲しまれるよりはいい。

……要は、どっちが自分にとってより嫌なことか判断してきただけだ。

嫌なことから逃げるために行動し続けてきた。それが俺の人生。

そしてまた、今もこうして逃げ出そうとしている。だって利用されて死ぬのは怖いから。

俺は逃げる。

悲しいことから。苦しいことから。怖いことから。辛いことから。

慕ってくれている子を捨てて、信頼を裏切って——俺は逃げる。

逃げて逃げて逃げて逃げて——逃げる。

……でも、その先に何があるんだろうか？　その先で俺は笑っていられるんだろうか？

そもそも俺が嫌なことから逃げるのは、楽しく生きたいからじゃなかったか？

果たして俺の人生は『楽しい』のだろうか？

これで本当に俺はいいのか？　やっぱりあの子たちも……

だめだ。考えるな。考えちゃいけない。

今は生き残ることに集中しろ。でないと失敗するぞ。

彼らのことが気になるんだったら、逃げ出して安全を確保してから戻ってくればいい。その方が、あの子たちも安全な筈だ。

だから、俺があの子たちを置いていくのは正しいんだ……

俺は自分に言い聞かせるように内心で繰り返しながら、拳を握った。


「よう、ちょっといいか」

トイレから戻ると、なぜか永岡少年が俺の部屋の前で待っていた。

普段は俺たちとろくに話もしないくせに、こんな時に限って何の用だよ。

こっちはこれから忙しくなるっていうのに。

「なんだい、永岡くん。君から話しかけてくるなんて珍しいね」

「はっ、そいつは嫌味かよ。まあいい、テメェに話があるんだ、部屋に入れてくんねえかなぁ」

「すまないが今日はちょっと疲れてるんだ。急ぎの話じゃないなら明日にしてほしいんだけど」

「あ？　急ぎだ急ぎ。超大急ぎだ――テメェの悪巧みについてだよ」

最後の部分だけ、ボソボソと小声になってたけど確かに聞こえた。

こいつ、計画のことを知っているのか？　……まさか王女たちの手先か!?

「そんなに睨むなよ。怖くて大声を出しちまうかもしれねえだろ」

……いや。こいつは王女とは関係ないのか？

もし王女側の人間なら、そんなことしなくても、俺を呼び出せばいい筈だ。

分からない。けど、このままここにいるわけにもいかない。

「……どうぞ」

「最初っからそうしとけよ、ザコがっ」

他に誰もいないことを確認してから、俺は静かにドアを閉じた。

席を勧めたわけでもないのに、図々しく椅子に座り遠慮する様子を見せない永岡少年。

「……それで、どういった話かな？」

「あ？　話の前に茶だろ。俺は客だぜ。客が来たんだからそれぐらい出せよ」

ほんと図々しいなこいつ。ぶん殴りたい。

……落ち着け、俺。こいつから話を聞くまでは喧嘩なんてできない。

あくまでお茶は出さず、何の用かを問い詰める。

「話がないなら出てってほしいんだけど？」

「チッ――さっき言った通り、お前の悪巧みの話だよ」

「何のことかな？」

「おいおい、今更隠すのかよ。俺を部屋に入れた時点で肯定してるようなもんだろ」

その通りだ。

計画実行前にいきなりのことで慌てていたが、よく考えれば誤魔化し通せばよかっただけだ。

……計画は初っ端からズレたけど、まだ何とかなる。だが、これ以上のミスはできない。

「……俺の悪巧みっていうのは何のことだい？　それとどうしてそんな風に思ったのか聞かせてもらいたいんだけど？」

「いいぜ。つっても悪巧みの内容まで知ってるわけじゃねえ。ただ、お前の態度が俺の知り合いみたいだったってだけだ……そいつは小心者でなぁ、何か悪さをしようとすると、いつもビクビクしてんだよ。それはいくら成長しても変わらなかった。隠そうとしても隠しきれずにビクビク、ビクビク――まるで今日のお前みたいにな」

「それだけかい？　悪いけどそれだけじゃただの邪推(じゃすい)にしか思えないな」

「へぇ。じゃあ今から、お前が怪しいって王女に伝えてもいいのか？　困るんじゃねえのか？」

証拠は全く残していない……いないけど、王女に話されるのはまずい。

どうする。ここで殺すか？

ダメだ。殺すだけならできるけど、騒ぎにならないようにっていうのは不可能だ。永岡少年も警戒しているみたいだし。

それに見捨てていくとはいえ、できることなら彼らを殺したくはない。

ならどうするのが最善だ？

……いっそのこと、連れていくか？

もう俺が何かしようとしていることを知ってるんだし、このまま放置という選択肢はない。

それに、海斗くんたち他の勇者全員を集めて逃げるのは無理だけど、彼だけなら何とかなる気がする。

他の子たちを置いていく罪悪感を、彼を連れていくことで薄れさせようという気持ちが心のどこかにある、というのも事実だ。

だけどそんな理由でも、殺すのは避けたいとなれば、連れていくのが一番いい気がする。

けど、本当に彼を連れて逃げられるのか？

「おい、どうしたよ。本当にこのまま王女様んとこに行ってもいいのかよ」

「――ふう。分かった。話そう」

考えを巡らせる俺を急かしてくる永岡少年に、俺は覚悟を決め、王城脱出計画について話すことを決めた。

「ただし、話すからには最後まで協力してもらうぞ。できないと言うのなら殺す」

「はっ！　できんのかよ半端モンのテメェに！」

「できるさ。俺は王女なんて存在に逆らおうとしてるんだ。何の備えもしていないと思うかい？ましてやここは俺の部屋だ」

さあ、どうする？

実際に戦うことになっても勝つ自信はあるけど、できるなら話に乗ってくれた方がありがたい。

「……その話、俺に得はあるんだろうな」

「ああ。これからは誰にも――俺からも王女からも縛られることなく、自由に暴れることができるようになるよ」

「いいぜ。話を聞かせてもらおうか」

どうやら話に乗ってくれたみたいだな。よかった。

とはいっても、永岡少年が来たせいで予定より時間が押している。早く行動しなければ……


「――収納」

俺は今、灯りの魔術具を片手に城の地下を進んでいた。

「収納、収納っと」

地下、というのは文字通り地面の下……しかも正規の通路ではない。

俺は行く手を阻む土の壁を収納して、本来存在しない道を作り、そこを進んでいるのだ。

『収納』のスキルは任意の形で対象を収納するから、こういう使い方ができる。

しかし今の俺は、城や街の外に向かって進んでいるわけじゃない。

脱出する前にやりたいこと……というより、やらなくてはいけないことがあるのだ。

つい先ほど、永岡少年――いや、これから一緒に行動するんだから親しみを込めて永岡くんと呼ぼう――彼との話し合いを終えた俺は、急いで行動を開始した。

まずは部屋に敷いてある絨毯をめくり、収納を発動する。

するとその下に、隠れていた階段が現れた。

永岡くんは目を丸くしていたが、俺の説明に怪訝そうにしながらも納得してくれた。

「魔術仕掛けの隠し通路を見つけたんだ。だからこそ今回の計画を思いついたんだよ」

まぁ、本当は俺が収納で作ったんだけど、彼にそれを知る由はない。

そして彼には、俺の部屋に残ってもらうことにした。

この先の作業は見られたくないし、かといって彼が自分の部屋に戻った時に、挙動から監視に怪しまれるかもしれない。

部屋に戻らないのも不審がられるとは思うが、彼がきっかけで俺の計画がバレるよりはマシだ。

そうして彼を置いて、俺は一人地下を進んでいるというわけだ。

「……さってと。そろそろかな？」

俺は収納から手描きの地図を取り出し、灯りを近づける。

……んー、もうちょっとかな？

俺が確認しているのは、目的地までの距離。歩幅と歩数から、おおよそではあるが距離を測っているのだ。

「よし、ここだな……多分」

まぁ測量をしっかり学んだわけじゃないし、距離はだいぶ適当だ。

とはいえこっちの世界で訓練をするようになってから、歩幅を揃える訓練もひそかにしていたからだいたい合っている筈だ。

「ふう～――収納」

俺は深呼吸をして覚悟を決めると、天井に手を伸ばして収納を発動した。

……のだが、ちょっとしたミスをしていたことに気づいた。

俺は城の人間にバレないよう、かなり地下深くを進んでいた。探知でおおよその部屋の場所が分かるとはいえ、うっかり部屋に繋（つな）がったり、足音でバレたりしたら嫌だからな。

その結果、俺が辿り着いたのは目的地の地下二十メートルという位置だったのだ。

そんなところから頭上の土を収納しても、ただ長い縦穴ができるだけだった。

「ミスったな。これじゃ上れない……階段でも作るか」

収納でしまった土を元の場所に出して、失敗をなかったことにする。

俺は気を取り直して壁に触れ、階段状になるように収納を発動。

その階段を上り、また階段状に収納……ということを何度か繰り返し、今度こそ目的地に辿り着いた。

そこは土ではなく、石らしき硬質な天井になっている。

適当に収納しては目的を果たせないので、全力で探知を行う。

・・・・

この部屋の内側はとてつもなく頑丈な結界が張られていて、その効果で中に入った者は魔術を使えなくなる。

更に結界は多少傷ついても自己修復し、同時に警報が鳴るようになっているんだとか。

普通なら解除も不可能だが……しかし！

俺には『収納』がある。結界を収納可能であることは、この部屋を見せてくれた王女自身のおかげで分かっている。

というわけで、頭上にある部屋の床部分と結界をまとめて収納！

「⁉　なん、どぅあぁ！」

失敗することなく収納でき、気が緩んだ俺の頭は衝撃に襲われた。

衝撃的なこと、なんかじゃなく、文字通りの意味での衝撃が。

俺は立っていられず、降ってきた何かと共に、自分で掘った階段を滑り落ちていった。

「っ〜〜〜〜！」

幸いなことに折り返しの階段にしていたので、二十メートル下まで一直線とはいかなかったけど……それでもやっぱり痛い。

特に衝撃を受けた頭。それと階段を落ちた時に打った尻と腰。それ以外にも腕や足も痛いし、胸も痛い……よく考えたら全身痛かった。むしろ痛くない場所なんてないな。

「クソッ！　なんなんだよ！　――ハッ！」

襲われたと思った俺はすぐに体勢を整える。でもそれは無駄だった。

「なんだこれ……棚（たな）？」

頭上から落ちてきて俺をこんな目に遭わせたものの正体は、精巧（せいこう）な細工の施（ほどこ）された棚だった。

しかも棚だけではなく、周りには装飾品や宝石が散らばっていた。

「なんでこんなものが……いや、これ見たことあるな。見せてもらったやつだ」

この棚も宝石類も目的地にあった物だ。それが落ちてきたということは……

「はあ～。なんだよ驚かせやがって。たまたま落ちてきただけかよ」

収納で結界と一緒に開けた穴の先にあった棚が、落ちてきただけだった。その棚が邪魔をしていたので、収納してから階段を上がる。

途中で階段に散らばっていた宝石類を拾い、警戒しながら穴から顔を出すと――

そこにあったのは、俺の持つ灯りの魔術具の光を反射して輝く宝の山だった。

そう、ここはこの城の宝物庫。

お金はそこまで置いていないが、国宝級の武器や宝石、貴金属なんかが山ほど保管されている。

以前に一度王女様に案内されたのだが、この国を脱出する時に収納していこうと考え、今回の計画を立てたのだ。

脱出の準備を終えてから時間をかけていたのは、この宝物庫を狙っていたからである。

何せこの場所は、ただ一度連れてこられただけ。それも道順を知られないようにするためか、何度も曲がって進んでを繰り返して、だ。

城中を探知を使って調べ、ようやく場所を突き止めたので時間がかかってしまったのだった。

本当なら脳内辞典にあればよかったんだけど……「知識」に含まれないのか、与える知識を制限されていたのか、あるいはあの爺さんが単に興味がなくて忘れていただけか……

「だけど、時間をかけた価値はあったな」

穴から這い出て、この部屋にかかっていた結界の魔術が発動していないことを確認する。

「よし、結界は発動してないみたいだし……始めるか」

本当は一つずつ検分していきたいが、そんな時間はないので棚や台座に飾ってあるまま収納していく。

「収納、収納、収納〜っと」

ああ、楽しい。

こんな『ザ・お宝』って感じのものを無造作に収納できるなんて。

なんだか無性に楽しくなってきたな。

それから鼻歌を歌いながら目についた宝をしまっていき、あっという間に宝物庫は空になった。

「もう終わりか〜。まあだいぶ回収できたし戻るか」

空っぽになった部屋を見て、ちょっと悪いかな？　って気もしたけど、気にしないことにする。

まあ、いつかそのうち機会があって、向こうが自分たちが悪かったと謝ってきたら、返してあげてもいいかもしれないな。

精々自分たちが悪かったと思ってくれ。

俺はこの部屋に来る時に開けた穴に戻り、証拠となりそうなものが何も残っていないことを確認する。

そして『部屋の床』と『結界』を、元通りに収納から取り出す。

この階段は攪乱用に残しておくか。


「異常はなかったかい？」

「あん？　やっと戻ってきたのか。おせーよ」

部屋に戻ると、俺のベッドで永岡くんが寝ていた。

確かに、今は部屋から出ないでほしいとは言ったのだが、この態度はどうなんだろうかね。

「悪いね。まあ目的のものはとってきたから、後はここから出て行くだけだ。護衛は頼むよ」

そもそも今回の脱出計画は一人でも実行できるよう組んでいたため、永岡くんの役目はない。

とはいえ彼の戦闘力は高いので、護衛をしてもらうことにしたのだ。

「チッ、分かってる。そんなことより本当にとってきたんだろうな」

「当然。そのためにわざわざ計画したんだから——ほら、証拠にこれをあげるよ」

俺は収納の中に入っていた金の詰まった袋を永岡少年に投げ渡す。

袋はガチャリと音を立てて彼の横、ベッドの上に落ちた。

彼はその袋の中身を確認するとニヤリと笑みを浮かべる。

「――はっ。半端モンのくせにやるじゃねえか」

「他にも武器とかあるけど、手当たり次第持ってきたから何があるか分からないんだ。だから分配はここを無事に脱出してからになる」

「ああ、それでいい。にしてもよく宝物庫の侵入なんてできたな。あの王女サマの話しぶりじゃ、絶対に破れなさそうな感じだったが」

彼の言葉に、俺は肩をすくめることで応える。

わざわざ手の内を明かす義理はないからな。

「……まぁ、いい。だったらさっさと行くぞ。それで俺は自由だ！」

「声が大きい。それに約束はしっかり守ってもらうよ」

浮かれて大声を出す彼を注意し、再度護衛の件を言い含めると、永岡くんは不機嫌そうに顔をしかめた。

「チッ……この国の国境を越えるまでは守ってやるよ」

「そうか。ならいいんだ」

俺は彼の言葉に頷くと、今後の行動を確認しながら部屋を見回す。

「……どぉしたよ。なんかあったのか？」

永岡くんは俺の行動に、何かあるのかと警戒している。

部屋の中と、それと俺を。

彼の中では、俺は信用できる仲間ではないのだろう。それどころか敵とさえ思っているのかもしれない。

「ここを出る前に、ちょっとやっておきたいことがあってね」

そう言って俺は、近くにあった椅子をおもむろに持ち上げ、その場に振り下ろした。

バキャッ！

そんなことをしたら当然ながら椅子は壊れてしまうが、それでいい。それが目的なんだから。

「……テメェ、なにしてやがる」

警戒していた永岡くんが、腰の剣に手を置きながら聞いてきた。

突然の俺の行動が理解できず警戒を強化したようだ。

「これから逃げるのに、ちょっと小細工をしておこうかってね」

そう言いながらも、俺はそばにある家具をどんどん壊していく。

金をかけているのが一目で分かる椅子も机も棚も。床や天井に至るまで、全てを壊して傷つけていく。

「……攪乱か」

「その通り。これだけやっておけば誰かが侵入して暴れたって思ってくれるかもしれないだろ」

うまくいくかは分からないけど、少なくともやらないよりはマシだ。

……にしても、この様子を見て俺の狙いが分かったのか……やっぱりこの子はバカではないな。

そうなると桜ちゃんのあの様子も演技という可能性も……ないな、あの子は素であれなんだろう……残念な子だな。

そんなくだらないことを考えながら、一通り部屋を荒らし終わったところで仕上げだ。

「――で、最後にこれを撒いておけば……」

俺は収納から取り出した壺に入っている赤い液体を、バシャッと部屋の中にぶちまける。

なんだか嫌な臭いがしたが、もう出て行くので気にしない。

「……んだよ、この変な赤いのは」

「魔物の血だよ、色は人間に似ているのを選んだけどね。これだけ撒かれてたら、侵入してきた奴に俺が殺されたって信憑性が増すだろ？　死体なんかなくても、これだけ血が飛び散ってれば食われたって思われる筈だ」

この血は討伐訓練の時に魔物の死体から回収したものなんだけど、これを集めるのは、意外と大変だった。

というのは、魔物の血は赤いとは限らないからだ。

緑だったり黒だったり、赤は赤でも人間の血の色とは違ったりした。

一通り撒いたところで、目立つところにはストックしておいた俺の血も撒いておく。

魔術で検査とかされたら困るからな。少しは本物も必要だろう。

「――よし、待たせたね。行こうか」

そうして俺たちは収納で作った地下道を下りていった。

「ほんとにこの通路は外まで繋がってるんだろうな」

真っ暗な道を俺の持っている灯りの魔術具一つで進んでいると、俺のことを疑っているのか、永岡くんが呟（つぶや）いた。

「ああ。以前確認した時は街の外まで出ることができた。あと他に何箇所か出入り口があったけど、そっちは開かなかった。多分壁の向こう側、部屋の中からしか開けられないんだと思う。もしくは専用の鍵（かぎ）があるか」

「へぇ」

無視してもよかったのだが、その結果彼の機嫌が悪くなったら面倒なので、嘘を交えて――というか嘘そのものでしかない設定を話した。

本当はこの通路は、さっき宝物庫に向かった時と同じように、俺が事前に収納で作ったものだ。いくつかは分岐や行き止まりも作った。それに、どこかの貴族が作ったらしき地下通路にも繋がったので、そこは繋げたままにしている。いい撹乱になるだろう。

生返事をする永岡くんを引きつれて進むことしばし、そろそろ地上は街の外に出ているであろう場所まで進んだところで、俺たちは大きめの空間に出た。

「あん？　なんだ、ここは？」

永岡くんが訝しげな声をあげる。

置かれているのは簡素なベッドに机、椅子、箱のみ。

「多分地下シェルターみたいなものだね、地上が襲われた時に一時的に避難する場所だと思う。服とか武装も置いてあったから」

嘘である。

ここも万が一この通路がバレた場合に、不自然に思われないように俺が作った部屋だ。

置いてある机なんかも俺が壁を家具の形に収納して作った物だ。時間がなかったので多少不恰好ではあったが、暗くて細部まではよく見えないし、実際に使うわけじゃないので構わなかった。

「……おい。本当にこの道で合ってるのか？　先に行く道がねえぞ」

「そこも他と同じように入り口が隠されてるんだ……ちょっと待っててくれ」

「……あとどれくらいで外に出られんだよ」

「ん？　そうだね……多分ここの隠し扉を開けたら、後は五分も歩けば出られるんじゃないかな」

五分というのは本当。本当にあと少しでこの場所から出られる。

「チッ。そうかよ。ならさっさと進むぞ。早く開けろ」

「はいはい」

俺は適当な場所を収納するために壁に近づく。

——本当にいいのか？　これで。

壁に当てた手に意識を集中させていく。

——他の子たちを置いて逃げていくのは仕方がない……そう。仕方がない。

そして今まで通りに通路の形を思い描いて収納する。

——本当に？　本当に仕方がないのか？

——そんなのは単なる言い訳だろ？

頭の中に何度も繰り返される言葉を無視して、俺は永岡くんに振り返る。

「さあ、いこ——ッ!?」

だが、振り返った瞬間、バチバチと輝くものが俺の足目がけて飛んできているのが見え、体を捻って避ける。

一体何が!?

「チッ。避けんじゃねぇよ。めんどくせぇ」

どうやら今のは永岡くんがやったようだ。避けるので精一杯で、まともに見えなかったけど、多分彼のスキルで作った『雷槍』だろう。

「何をするんだっ!?」

「はっ！　何をするかって？　んなもん決まってんだろ」

永岡くんはそこまで言うと、手を持ち上げる。

そして再び自身のスキルを発動し、雷でできた槍を生み出した。

「テメェが俺を殺そうとしてんのなんざ知ってんだよ。ヤられる前にヤる。常識だろ？」

「それは違うっ！　俺はそんなことは考えていないんだ！　だから――」

確かに一瞬だけ頭をよぎったことだが、それはすぐに否定した。

俺は本気で、彼を逃がそうと思ったんだ！

だが、永岡くんはもう止まるつもりはないのだろう。

生み出した雷槍を、再び俺目がけて打ち出した。

「くっ！」

またも足を狙っていたみたいだけど、あんなものを食らったらどこであろうと軽傷では済まない。

「うるせえよ。自分を殺そうなんて考えた奴の言葉を信じるとでも思ってんのかよ？　……だがまあ、殺そうとすんのは当然だろうな。俺だってそうするからな」

くそっ！　彼は引く気はないみたいだな。

どうする？　このまま彼と戦うのか？

戦って勝てないことはないだろう。

彼の攻撃は、『収納』を使えば無効化できるが……武器の攻撃まで防ぐと、『収納』の能力がバレてしまって、彼を殺さないといけなくなる。

もし生かしたままにすれば、永岡くんも『収納』を俺並みに使えるようになって、俺の命を狙ってくるかもしれない。

　それに何より、彼がこの先王女に捕まりでもしたら、俺の情報をバラされる可能性がある。

　理由は分からないが、王女は結界をも消せる『対抗魔術(アンチマジック)』というスキルにご執心(しゅうしん)だった。きっとその能力で、何かさせたいことがあるのだろう。

　しかしアレが『収納』の応用だとバレてしまえば、残してきた海斗くんたちに害が及ぶ可能性がある。

　そうならないためにも、ここは収納スキルを使わずに乗り切らないといけないんだけど……

　だけど、どうすれば……

　っ！　そうだ！　宝があったんだ！

「ま、待ってくれ！」

「……あん？」

「俺を殺したら宝が取り出せなくなるんだぞ!?」

「……」

　彼は黙ったまま雷槍を生み出したが、俺はそれでも言葉を続ける。

「宝の山分けなんて言わない！　回収した宝は全部渡す！　だからどうか矛(ほこ)を収めてくれないか!?」

　戦いたくない。死にたくない。殺したくない。

　大変な思いをしながら計画を立てて実行した。宝を回収するまでにいくつもの苦労があった。

だけど、それでも宝を渡すことで解決するんなら、それでいい。

そうすれば、俺も彼も、どちらも死なずに城から逃げられる。

それが最良の結果の筈だ。

永岡くんは俺の言葉を聞き入れてくれたのか、待機状態だった雷槍を消した。

それを見て、俺はホッとため息を吐く。

「ありが――あがっ!?」

「バカなこと言ってんじゃねえよ。信じるわけねえだろ」

安堵したところで、足に焼け付くような痛みが走った。

どうやら永岡くんが雷槍を使ったらしい。威力が弱いということは、手加減している……交渉の余地があるってことか？

「こんな計画を立てて、大層な道を作って、挙句に城の宝物庫から宝を盗んでくるような奴、何を仕掛けてくるかなんて分かんねぇんだからよ」

永岡くんはそう話しながらも、次々と空中に雷槍を生み出していく。

どうやらさっきのは手加減をしたのではなく、俺に不意打ちを食らわせるために素早く発動して、力を込められなかっただけのようだ。

これで和解の道は閉ざされたんだと、俺はようやく理解した。いや、せざるを得なかった。

「隠し通路を見つけた？　バカにすんじゃねえよ。んなもんあるわけねえじゃねえか。百歩譲って隠し通路があったとして、なんでテメェが知ってんだよ。なんでテメェが開けられんだよ。ありゃあ、そんなもんじゃねえだろ」

「……」

「この通路はテメェが作ったもんだろ？　はっ！　何がスキルだけじゃなく魔術も使えねえだ。こんな大層な道を作るぐらいだ、テメェは地系統の魔術を使えんだろ？」

どうやら永岡くんは俺が収納で作ったとは思っていないみたいだ。

それならまだどうにかできるかも——殺さずにこの場を乗り切れるかもしれない。

「……だんまりかよ。まあいい。宝は勿体ねえが、さっきの金だけありゃ十分だ。さっさと死ね。それで俺は自由だ」

彼が完全にこちらを殺す気である以上、彼を殺した方がいいのは分かってる。そうすれば、余計な心配をしなくて済むようになることも。

でも、そうだとしても、俺は誰も殺したくないんだ。

誰かを殺すのは、怖いから。

だけど……

「あん？　……ヤる気かよ？　テメェが俺と戦ったところで結果なんざ見えてんだろうが」

俺はいつの間にか、死にたくない一心で剣を抜いていたらしい。

こうなった以上、どんな言い訳をしても無駄だろう。

俺は説得を半ば諦めながら、それでもどうにかできないかと考えつつ剣を構える。

しかし俺が考えを巡らせるより先に、永岡くんが待機させていた雷槍を放ってきた。

「チッ。邪魔だ！　死んどけ！」

――が、俺はそれを収納する。

俺の体に触れた瞬間に消えていく雷の槍。

それを見て永岡くんは驚いているが、すぐに警戒を露わにして剣を構えた。

「……『対抗魔術』なんて言う割に、スキルも消せんのかよ」

「……スキルを相手にしたのは初めてだからね。俺も知らなかったよ」

「そぉかよ」

「……なあ、この辺りでやめにしないか？　戦っても意味なんてないだろ？　俺には君と敵対する意思なんてないんだ」

もう一度、もしかしたらと思って聞いてみる。

「あん？　……まだ言ってんのかよ。ここまできたらもう止まることなんざできやしねぇ。それが分からねえのかよ？」

「そんなことはない！　まだ平気だ、まだ戻れる。だからもうやめよう」

「……はっ！　んなこたぁできやしねぇよ。妄想しながら死んどけ、バカが！」

永岡くんはそう言って、さっきと同じように雷の槍を空中に生み出し放った。

俺は先ほどと同じように収納していくが――

「……がっ⁉」

突然予期していなかった痛みに襲われた。

どうやらスキルを目くらましにして、何かを顔に投げられたようだ。

「オラアァ！」

俺が悶えていると、正面から永岡くんが剣で斬りかかってくる。

「つくぅ！」

俺は咄嗟に躱したが、それを逃すまいと追撃がかかる。

すかさず、右手を前に出して収納から大量の水を取り出した。

水は収納から出てくると同時に永岡くんの頭上から降り注ぐ。

すると、どうやら彼は水を飲んでしまったようで、動きを止めた。

「ごほっ、ごほっ！　……テメェ、やってくれたな」

永岡くんは噎せながらも、その視線を俺から外さない。

「まさか地だけじゃなく水まで使えるなんてな」

「……これで君のスキルは使えない。もう終わりにしないか？」

今の水で彼の体は全身濡れているし、地面にも水たまりができている。こんな状態で雷なんて使ったら、いくら術者である彼でも感電するだろう。

実際にはそこまでうまくいくかどうかなんて知らないけど、そうだと思わせることができるならそれで十分だ。

彼も万が一の疑いがあるうちはスキルを使えないだろうから。

「……確かに『雷槍』は使えねえかもしれねえな。でもよぉ。身体能力だけでも俺はお前なんかよりも上だぜ？」

確かに彼の言う通りだ。召喚された者として俺の身体能力は上がっているが、まともに召喚された本物の勇者である永岡くんは、俺以上に強化されていた。

「結果は見えてんだ。おとなしく死んどけや！」

そう言うや否や、永岡くんは剣を振り上げながら駆け寄ってくる。

俺はそれを受けるために剣を構えるが――

「があああっ!?」

突然全身を激しい痛みと熱が襲った。

俺はバシャリと、自分が出した水の上に倒れてしまう。一体何が!?

「テメェ、アホかよ。俺に電気なんざ効きゃしねえよ」

地面に倒れ伏した俺へと、永岡くんが悠々（ゆうゆう）と歩み寄ってくる。

まさか雷槍を使ったのか？

「俺はスキルを使う時、手で持って投げられんだ。そんな俺が感電すると、本気で思ってたのかよ？　はっ！　間抜けすぎんだろ」

そうだ。確かに永岡くんは雷槍を手で持っていた。

普段は武器を持っているから空中に作り出してそのまま投射するけど、威力が欲しい時は武器を手放してから雷槍を掴んで投げていた。

くそっ！　俺はそれを見たことがあった筈だ！　何で気づけなかった！

「さっさと死ね！　テメェは邪魔なんだよ！」

そう言って剣が振り下ろされたが、俺は胃の中に直接、収納から回復薬を出して回復する。

あわや当たるところだったが、かすり傷を追いながらもゴロゴロと転がってなんとか避ける。

「チッ！　まだ動けんのかよ。出来損ないとはいえ、俺と同じ『勇者』ってわけか」

永岡くんは憎々しげに俺を睨みつけるが、俺はもうフラフラだった。

多少は戻ったが、完全に回復したわけではない。

回復薬を飲んでも、一瞬で回復するわけではなく、じわじわと効いてくるものなのだ。そのため今も、傷が治っている感覚はなんとなくあるが、それはかなりゆっくりだ。

元から力の差があるのに、無傷の永岡くんと手負いの俺。

どっちが勝つかなんて明白で、斬り合いはそれほど長くは続かなかった。

「うぐっ！」

ついに俺は打ち合いに負けて弾き飛ばされてしまう。

「死ぃねえええぇぇぇ！」

弾かれ、尻もちをついている俺に殺意を持って剣を振るう永岡くん。

俺は自分の命を奪おうとするその剣を見ていることができずに、ギュッと目を瞑ってしまった。

だがこのまま死ぬなんてごめんだ。俺は目を瞑りながらも、がむしゃらに自分の剣を振るう。

「チィッ！」

訓練の甲斐があったのか、それともたまたまか、俺の剣は永岡くんの剣を弾いた。

しかし、永岡くんはすぐに剣を構え直す。

「うあああああ！」

俺は近づいてくるなという意思を込めて、剣を精一杯前に突き出す。

それは当てるつもりはなかった。当たる筈がなかった。

だが――

ゾブリ。

俺の手に、妙な感覚が伝わってきた。

それは言うなれば、何か柔らかいものを貫くような感覚。

「……あ？」

その間の抜けた声は誰のものだったのか。

俺か。はたまた永岡くんのものなのか。

俺はなにがあったのかと、閉じていた目を恐る恐る開く。

そんな俺の目の前には、俺の剣に胸を貫かれた永岡くんがいた。

「……ごほっ……」

ビチャリ、とこちらを見下ろしている彼の口から赤い何かが吐き出され、俺の顔を汚す。

「うわあああ！」

「ぐああ！」

俺が怖くなって持っていた剣ごと腕を動かすと、刺さっていた永岡くんも呻きながら一緒に動き、俺の方に倒れこんできた。

「あ、ああ……」

俺の上に倒れてきた永岡くんを俺はただ見ているだけで、震える以外何もできなかった。

「ごほっ、ごほっ……なんで、おれが……」

「ああああ……」

「くそったれ……テメェなんか、しんじま、え……」

それ以降、彼が口を開くことはなかった。


早くここから逃げた方がいい。それは分かっている……分かって、いるけど……

……俺はなにも考えられなかった。

殺したくなかった。殺すつもりはなかった。俺は自分が生きて出ていけたら、それでよかった。

なのに永岡くんは死んでしまった。俺のせいで。

……いや違う。俺のせいじゃない。あれは事故だ。俺が殺したんじゃない。

それに思い出せ。さっきまでの彼の言動を。あれは死んでも仕方がなかった。死んで当然だった。

そうだ。だから俺は悪くないんだ。

だから……だから、早く逃げないと。

俺は自分の心を守るために、俺は悪くないと繰り返す。

そしてそのまま出ていこうとして、足を止めた。

永岡くんの遺体(いたい)をこのまま置いていっていいのだろうか。

いや、せっかくだから少しでも攪乱の役に立ってもらわないと……違う！　そうじゃない。せめて同郷の仲間に――海斗くんたちに弔(とむら)ってほしいんだ。

ダメだ、やっぱりまだ動揺しているみたいだ。とにかく永岡くんを運ばないと……

俺は彼の遺体を収納し、城の部屋へと戻った。

再び部屋に着く頃には、俺はだいぶ落ち着いていた。

もちろん永岡くんをちゃんと弔ってもらいたいという気持ちに変わりはないけど、この状況を有効に使う案を考えられる程度には冷静だ。

階段を上って部屋に出た俺は、収納から永岡くんの遺体を取り出すと、部屋の真ん中に置いた。

次に、収納の中に残っていた俺の血を使って、壁にメッセージを残していく。

ここでも攪乱のために、人間の文字は使わない。

これで俺たちが外部からの侵入者に殺されたと思わせることができるだろう。

一通りの作業が終わり、部屋の中を見渡した俺は永岡くんの遺体に向けて瞑目(めいもく)する。

そして――

「さようなら」

俺は、今度こそこの国から逃げるために地下へと進んでいった。

俺はまだ死ぬわけにはいかないんだ。死んでしまった永岡くんの分まで生きる。

……それが自己満足だっていうのは分かってる。

でもそれでも俺は生き残ったんだ。だから、俺は絶対にこれからも生き残って、精一杯楽しんでやる。

それが、自分のために殺してしまった彼への、せめてもの償いであり、生き残った者の役目だと思うから。

俺は震える拳を握りしめ、そう自分に言い聞かせた。

脳裏に蘇(よみがえ)る彼の最期の姿を頭の片隅に追いやって、無理矢理忘れることにして俺は歩き出した。

第5章　思わぬ再会と異世界の旅路

街壁の外には魔物や危険な野生動物がいるため、一人歩きは推奨されていない。

特に夜は魔物の活動が活発になるので、よっぽど急いでいる者以外は出歩かない。

だがそんな夜の闇の中を、まともな装備をしていない者が歩いている。

そう、俺だ。

「さて、これからどうするか」

あれから出口近くの部屋に戻った俺は、血の付いた服を処分して着替えると、心を落ち着かせてから地上に出て、夜の街道を進んでいた。

あの部屋に続く通路はもちろん、部屋そのものと地上への道は既に潰してある。

もし王女が全て知っていて、追っ手を指し向けてきたとしても、撹乱用の通路を進んでくれるだろう。

計画に気づいていなければ、俺の部屋に施した細工のおかげで、俺は殺されたか攫われたかしたと思われる筈だが……生きている可能性を考えて捜索される可能性もあるから、早く国を離れたい。

既に計画が狂ってしまっているので不安だけど……予定通りに行っていいよな？

こんな夜道じゃ灯りの魔術具は目立つので使えない。

頼りになるのは星の光だけの中、黙々と歩く。

今、俺が向かっているのは、俺たちがいた王城――王都から徒歩で二日程の位置にある街だ。

一日で着く街もあるんだけど、そっちは近いぶん、捜査の手も伸びやすい筈。

そのため、少し離れた街を目指しているのだ。

そうして歩くことしばし――

ゾクッ！

不意に、王城の自分の部屋で感じたのと同じ視線を感じた。

嘘だろ!?　なんでここで！　もう追っ手が来たのか!?

慌てて振り向くが背後には誰もいない。

――落ち着け俺。この視線の主が追っ手だとは限らない。

俺は収納から、魔物の骨で作った不恰好な短剣を取り出して、視線を感じた方に向かって構える。

これは王城を逃げ出した後のことを考えて作っておいたものだ。

俺たちが使っていたのは、国から支給された剣。それが見つかってしまえば、俺の存在をかぎつけられる可能性が高いからな。

それを避けるために作った短剣だったんだが……まさかこんなに早く出番がくるとは。

俺は敵を警戒しつつ、探知を巡らせる。

……いない？　でも確かに視線は感じた。いや感じている。視線は今も俺を捉えている。

どうする？　ここに留まるのはどう見ても悪手だろう。

ならやっぱり、ひとまずは走ってこの場から離れるしかない。

俺は自分に身体強化魔術をかける。

そう、俺は『収納』の魔術しか使えないと言われていたのだが、それは誤りだった。

適性が収納魔術に一極化されているだけで、他の魔術が一切使えないというわけではなかったのだ。

といっても、二ヶ月近く経って使えるようになったのは『身体強化』と『自己治癒』だけ。しかも他の勇者に比べて、性能は低かった。

その上、まだ発動に慣れていないので、さっきの永岡くんとの戦闘みたいな咄嗟の場合にはうまく使えない。

まぁそれでも、使えるようになっただけでも御の字だ。

俺は視線を感じた方向へと、持っていた短剣を全力で投げ——そのまま背を向けて全力で走り出した。

確か近くに森があった筈だ。

そこまで逃げて視線を遮断すれば、収納を使って地下に隠れることができるだろう。

そう考え、体力配分も考えずに本気で走ったんだが……一向に追っ手を撒くことはできなかった。

仮にも勇者として強化されている身体能力に、更に強化魔術を重ねているにもかかわらず、だ。

森に入っても振り切れず、仕方ないので収納を使って落とし穴を作ったり木を倒したりしていたが、全て効果がない。

くそっ！　なんなんだこいつ！　森に入っても視線を遮断することができないどころか、距離が詰まってきてる。

収納で地下に逃げ込むのは無理そうなので、方針を変えることにした。

進路を変えて森から抜け出し、そのまま追いかけっこを続け、周囲に遮蔽物(しゃへいぶつ)のない草原に出たところで俺は立ち止まる。

振り返って新たに取り出した短剣を構えると、どうやら追っ手の方も止まったようだ。

——どこだ。どこにいる？

足元の草は、人間が隠れられるほどは長くない。

ギリギリ子供なら隠れることができるかもしれないけど、それはないだろう。

しかし、既に見えてもいい距離にいる筈なのに追っ手の姿はない。

——もしかしたら、姿を隠すとか認識を阻害(そがい)するような魔術具を使っているのかもしれない。

脳内辞典を調べると確かにそういう魔術具はあって、この国の後ろ暗いことを担当している部隊の人間はみんな持っているらしい。

となると、やはり王女の追っ手か？　最初から全部バレていて、攪乱は無意味だったってことか⁉

どうする……相手は勇者の身体能力でも撒くことはできない実力者。俺を追っている以上、生きて帰すことはできないが、見つからないことにはどうしようもない。

もういっそ、声をかけたら出てきてくれないかな？　無理か？　無理だよな～。

……無理だと思うけど、一応やってみるか。他に手段も思いつかないし。

「俺のことを追ってきている奴に告げる！　隠れていないで姿を見せろ！」

……出てこないな。やっぱり無理だったか。

予想はしてたし当たり前のことなんだけどさ。ちょっとだけがっかりしながら、持っていた短剣を投げる構えを取る。

「もう一度言う！　姿を見せろ！　見せないのならこの魔術具でお前の周りを焼いて炙り出すぞ！」

まぁ、この短剣も魔物の骨から削っただけのものなので、そんな効果はない。ハッタリだ。

これで出てきてくれればよし。出てこなかったら……どうしよう。

宝物庫から奪った宝のどれかを使えばなんとかなるかな？

だがその心配は無駄に終わった。

警告を受け入れたのか、俺を追ってきた奴が姿を現したのだ。

目の前に現れた追っ手は、薄緑色というこの国では珍しい髪をした少女だった。

「……って、子供？」

なんで子供が？

いや、油断するな俺。目の前の子供は俺の走りについてきたんだぞ。ただの子供である筈がない。

幼い頃から厳しい訓練を積んだ子供を使い、油断させて殺す。

地球でもよく見たやり方じゃないか……二次元でだけど。

それに……

「……メイド服？」

少女の着ている服はメイド服だった。それも城で使われていたものと同じだ。

これはやっぱり、この少女が追っ手だということだろう。

アリアンの同僚か？　王女の話じゃ、あいつらも暗殺者だったしありえない話じゃないな。

姿を見せた追っ手を警戒しながら、短剣を正面に持ち直す。

少女がどう動くのかと、挙動に注意を払っていたが、無防備にこちらに向かって歩き出した。

は？　なんで？　……いや、これも油断させるための行動だろう。

距離が近づくにつれ、俺の緊張も高まっていく。

少女が歩くのを止め、今までと違って両足を揃えて立つ。

何をするのかと思って警戒していると、少女は土下座をした。

うん。土下座だ。あの土下座。

謝罪や感謝する時に行われる、日本伝統の由緒（ゆいしょ）正しきスタイル。

いや～外国に伝わってるのは知ってたけど、まさか異世界にも伝わってるとはな～。

なんて、ふざけてる場合じゃない。百歩譲って土下座がこの世界に伝わっているのはいいとしよう。王女のあの話しぶりじゃ、過去にも召喚された勇者はいたみたいだし。

でも問題は、その土下座をなんでこの少女がやっているのかだ。

やっぱりこれも俺を油断させるため……だよな？

このまま遠くから短剣を投げて攻撃してもいいんだけど、無抵抗の女の子を攻撃するのはちょっとな……

「申し訳ありませんでした！」

どうしようか悩んでいると、土下座少女が大きな声で謝ってきた。なんで？

敵である筈の少女がいきなりの土下座、からの謝罪……わけが分からないよ。

……もしかして追っ手じゃない？

城から抜け出したタイミングで現れたから追っ手だと判断したんだけど、違うのか？

ただ、さっき感じた視線は、城にいた時に感じたのと同じなんだよな。

あ、でもこの少女がメイド服を着てるってことは、メイドの研修生とかで城にいたのかもしれないな。そう考えると、城で視線を感じた理由は納得できる……か？

だけど、ただのメイド候補が俺についてくることができるのだろうか。まさか実は、あの城のメイドは全員それだけの身体能力があるとか？

……いや、そんなことを考えていてもしょうがないか。

追ってくることができたのは、まあいいとしよう。問題はなんで追ってきたのかだ。

俺に一目惚れしたから～、なんてことはまずない。俺に惚れるくらいなら、いかにも勇者っぽくて若い海斗くんの方にいくだろう……悲しいことに。

というかそもそも、この少女は俺を恨んでいるんじゃないのか？　じゃなかったら、あんな憎悪の塊みたいなドロドロした視線を向けてこないだろう。

そんな視線を向けてきた者が、なんで土下座してるのかさっぱり分からない。

……ダメだ、どう対処したらいいんだ？

このまま放置して逃げてもいいけど、また追いかけられそうだし。

仕方ない、話をしてみるか。

「……その謝罪はなんだ？　お前は敵じゃないのか？」

「違います！　私があなた様の敵になるなど、たとえ手足をもがれようともありえません！」

「そ、そうか。それはありがとう？　……一つ聞きたいんだが、今俺のことを『あなた様』って呼ばなかったか」

「はい。私のような者があなた様の御名をお呼びするなど、畏れ多すぎてできませんので」

余計にわけが分からなくなった気がする。

「……もしや、何かご不快にさせてしまったのでしょうか？」

「うん？　いや、そういうわけじゃないんだけど……」

どうしよう、この子。

う〜ん。なんとなくだし確たる証拠があるわけじゃないんだけど、どうにもこの子は本気で俺のことを敬ってるような気がする。今もまだ土下座を続けてるし。

分からないことが多すぎるので、一つずつ解決していこう。

まずは……

「少し前から俺のことを見ていたのはお前だろ？　なんで見ていたんだ？」

「……はい。あなた様のおっしゃる通り見ておりました……申し訳ありませんでした」

「いや、それは、まあいいとして。見ていた理由が聞きたいんだけど？　言えないか？」

「……それは、その……あなた様のお姿を、少しでも長く拝見していたくて……」

その返答に、思わず言葉に詰まってしまう。

この子の言葉をそのまま受け取れば、俺に好意をもっていることになる。

でも、だとしたらあの視線はなんだったんだ？

「……なぜだ？　俺はお前と会ったことはないだろう」

確かに会ったことがない筈だ。その筈なのに、その言葉を聞いた直後から、少女は土下座したまま微かに震えているように見える。

俺が忘れているだけで、どこかで会ったことがあるのか？

「……すまないが、俺とお前はどこかで会ったことがあるのか？」

「……はい。ここより北の森にて、あなた様に助けていただきました」

「北の森？　助けたって……ああ！　あの時の獣人の子か⁉」

そういえば、一ヶ月ほど前だったか森で女の子を助けたな。

俺がそう言うと、思い出してもらえたことがよほど嬉しいのか、女の子は今まで続けていた土下座を解き、勢いよく顔を上げて破顔した。

「はい！　イリン・イーヴィン。あなた様に助けられたご恩をお返しするために参りました！」

そうか、フルネームはイリン・イーヴィンだったっけ。

あの時は髪の毛がボサボサでくすんでいたけど、今は綺麗になっているから全然印象が違うな。服もあの時のボロじゃなくてメイドだし。

うん、頭に載ってるひらひら――ブリムだっけ？　アレに隠れてるけど、よく見れば耳があるし、なんか動いている。

尻尾も隠してたみたいだけど、今はスカートの中で荒ぶっていた。というかもはやスカートの中じゃないな。あまりに動きすぎてスカートが捲れて普通に尻尾が見えてる。

ひとまずは追っ手ではないことに安心して、警戒を解こ――うとしたところで思い直す。

待て。この子は本当に追っ手じゃないのか？

確かにあの時の子だけど、あの後にこの国の奴らに捕まって、「助けてほしければ～」なんて脅されている可能性だってあるわけだし。

ただ、本当に恩を返しにきただけの子供である可能性を考えて、俺は警戒しつつもさっきより少し丁寧に対応することにした。

「恩を返すためっていうのは、奴隷だったところを助けてあげたことかな」

「はい！　まさしくその通りです！　魔物に殺されそうだったところを助けていただき、ありがとうございました！」

恩を返すため。それは分かった。

確かに奴隷として売られそうだったところを助けられたら、自分のことを助けてくれた人物を追跡して、ずっと見ていたくなるのかもしれないな。

俺には全く理解できないけど。

でも、だったらあの視線はなんだったんだ？

「あの視線、でございますか？」

「え？　……あ」

口に出てたか。でも話すべきだろうか？

この子の様子を見る限り、悪意を持っているようには見えないんだよなぁ。どうしたものか……

「あの……」

待たせすぎたか。仕方がない。正直に話すか。

「君が俺の跡をつけ始めた時、俺がいきなり振り返ったのは分かるか？」

「は、はぃ」

ん？　いきなり顔を赤らめてなんだ？　何かそんな要素があったか？

……もしかして、俺をつけてたことを恥じているのかな？　面と向かって言うのはまずかったか……

まあ掘り返すのもなんだし、このまま進めるとしよう。

「城にいた時もなんだけど、その時に俺は凄まじい視線を感じたんだ」

「凄まじい、視線……」

「そう。なんというか、まとわり——いや、その……そう！　『もう俺のことを逃さない』っていう感じの視線だね」

やっぱり無理だ。正直に話すなんて！

あのまとわりつくような濃い視線について、この子は無自覚だったみたいだし、正直に話したら傷つくかもしれない。

命がかかってる時ならともかく、とりあえず今のところは安全だし、できることなら傷つけたくないからな。

「そ、そんな……逃さないだなんて、そんなこと……」

イリンは俺の言葉を聞いた後、顔を赤らめ俯いてしまった。

自意識過剰かもしれないけど、この子は俺のことが好きなのか？

あの視線は憎悪じゃなくて、好きな相手を逃がさない的な、ヤンデレっぽい感じの視線だったんじゃ。

……その可能性はあるかもしれないな。だってこう言ったらなんだけど、この子ちょっとおかしいもん。

ぶっちゃけて言うとストーカーだし。それもヤバイやつ。

考えてもみてほしい。恩を返す。確かにそれ自体はとても素晴らしいことだ。

でも、俺の姿を見るためだけに、王城——国で一番警備が厳しい場所に潜入している。

加えて、永岡くん以外の誰にも気づかれずに脱出した俺を追跡していた。

なんというか、ここまで執念が凄いと怖すぎる。

そもそもどうやって俺の場所が分かったんだ？

「なあ、どうやって俺の居場所を知ったんだ？　バレるような道は通らなかった筈なんだけど？」

「そ、それでしたらなんとなくです！　なんとなくあなた様のいる場所が分かりました！」

俯いていたと思ったら急にテンションが高くなったな。なんでだ？　そんな要素あったか？

つーか、なんとなくってますますヤバくね？

それで本当に見つかるとか、今この子からどうにかして逃げたとしても、そのうち捕まるじゃん。

うーん、この感じだと、やっぱり王女の差し金ではなさそうだし、殺す気はないけど……どうすればいいんだ、これ。

……そうだ！　この子がついてこないようにする方法はある！

この子は恩を返すために俺の跡をつけたって言っている。

ならばその恩を今すぐに返させればいいんじゃないか？

そうすればこの子も満足して、元いた場所に帰る筈……だと思う。というか帰れ。

よし、さっそくその方向で誘導（ゆうどう）だ。

「俺に恩を返すって言ってたけど、どうするつもりだ？　何かくれるのか？」

「はい。私が用意したものなんかでは喜んでもらえないかもしれませんが、精一杯考えましたのでどうか受け取ってください！」

よし。これなら問題ないな。これでこの子から渡されたものを受け取れば、『恩を返した』と満足してもらえるだろう。

「ああ、もちろんだ。贈り物っていうのは価値ではなくそこに込められた思いが重要なんだ。どんなに高価なものをもらったとしても、上っ面（うわつら）だけの言葉しかないのなら意味はない。逆に世間からはどれほど価値がないと言われようと、渡す相手のことを考えて精一杯のものを用意したのならそれに勝る贈り物はない。俺はそう思う。だから君が俺のことを思って用意してくれたものならなんだって歓迎だ」

だからモノを渡したら帰れ。

「そ、そんなことを言っていただけるなんて……ありがとうございます！」

「いやいや、感謝なんていいよ。贈り物を用意してくれたのは君の方じゃないか——それで、その『モノ』はどこにあるんだい？」

「はい！　どうぞお受け取りください！」

イリンは元気よくそう言うけど、特に何かを持っていたり、差し出したりする様子はない。

……まさか、バカには見えないとかそういう類の魔術具で、特定の種族、もしくは条件を満たした者にしか見えないのか？

だからもう既に俺の前にあるけど、俺が見えていないだけ、とか？

「……受け取って、いただけないのでしょうか……」

「あ、ああ。すまない。少し考え事をしていた」

どうする？　ここで「俺には見えない」なんて素直に言ったら、そんなものを用意してしまったとこの子は傷つくかもしれない。

だとしたら——

「贈り物を受け取ろう」

苦肉の策として俺は手を差し出した。

こうすれば、見えないモノでも手に置いてもらえるだろう。そしたら流石に何かあることくらいは分かる筈だ。

俺が差し出した手の意味が分からなかったのか、イリンは小首を傾げた。

その後、何か閃いたように立ち上がり、俺の手に自身の手を伸ばす。

そうだそれでいい。

だが、そうは上手くはいかなかった。

イリンの手が俺の手に触れたかと思うと、そのまま俺の手を掴み自身の首元に持っていった。

「どうぞ。この身の全てをあなた様に捧げます」

なんだって？

「この身の全てをあなた様に捧げます」

……おかしい。どうしてそうなる？

確かに贈り物を受け取るとは言った。どんなものでも構わない、とも。

でもなんでそこで、自分を捧げるなんてことになってるんだ？

命を助けてもらった。奴隷から解放してもらった。だから恩を返したい。

なるほど。ここまでは分かる。十分に常識の範囲だ。

でも、だからといって自分を差し出すという考えに至った理由が分からない。

「あー。その気持ちはとても嬉しいが受け取れない」

俺はそう言って、イリンの首元に当たっていた手を離す。

「……やはり、私のようなものでは、満足していただけませんよね」

あ、ヤバイ。顔こそ逸らさないものの目尻に涙を溜めている。まさに泣き出す数秒前って感じだ。

「いや、そうじゃない。君は十分魅力的だと思うよ。可愛いし尻尾や耳も愛らしい。落ち込む必要はないよ」

違うよ！　俺は何言ってんだ!?　確かに耳や尻尾には触ってみたいとは思う。この気持ちは日本人……というか二次元オタクなら共通だろう。

けど今はそんなこと言ってる場合じゃねえだろ！

俺は気を取り直して言葉を続ける。

「んんっ！　……君は奴隷になりたくなかったんじゃないのか？　でも今俺に自分を差し出している。それは奴隷になるのと同じことじゃないか？」

「いえ！　全く違います！　確かに私は奴隷として売られることになる未来を嘆き、絶望していました。攫われた時に別のことをしていたら違う未来はあったんだろうか、もう一度家に帰りたい、また両親と会いたいと、魔術具によって動かない体で泣いてもいました。そして誰も助けてくれず、一緒に攫われた子たちが死んでいく中、魔物に襲われたところをあなた様が助けてくださいました。あなた様がいなければ私は既に死んでいたのです。ならば命を助けていただいた恩はどう返せばいいのか。助けられた後、私は考えました。何をすればあなた様に恩をお返しすることができるのか。そして一つの結論に至りました。命を助けられたのなら命を捧げればいいではないかと。何かを渡したとしてもその程度では足りない。何かを為すだけでも足りない。命の対価には同じく命しかない。ですからこの命を差し上げます。あなた様の命令であればなんでもします。奴隷でも構いませ

ん。手を折られても、皮を剥がれても、武器の試し切りに使っていただいてもいいです。私なんかがこんなことを言うのは烏滸がましいとは承知しています――ですが、私もあなた様を愛しています。『私』を受け取って、主人となってください」

……まじかー。こんな可愛い子に愛されるとか俺も罪作りな男だな。いやー、愛されすぎて怖いわー。

…………やっべー。まじやっべーっすわこの子。何このヤンデレ！　皮を剥ぐとか武器の試し切りとかってなんだ！　こんな子だったのか。興奮しすぎて目がちょっと怖いし。

……この状況、詰んでないか？

断ることはできるかもしれないけど、そんなことをしたらこの子自殺するんじゃないだろうか？　それも俺と心中して。

俺はダラダラと冷や汗が流れるのを感じる。

「そ、そうか……いやでも……」

やっぱり連れていくしかないだろうか？

でも、俺はこの国に追われているし、今後色々無茶することになるかもしれないのに、こんな小さな子を連れていくなんて厳しいよな。

というか何より、そばに置いておいたらなんかヤバそうな気がする。

「俺は訳あって旅をすることになった。まだ幼い君には辛いだろう。だから――」

「大丈夫です！　むしろ旅をするんだったら、私を連れていって盾にしてください！」

「いや盾って……はぁ、分かった。連れていくよ」

仕方がない。そうするしかないだろう。

このまま押し問答を続けていても埒が明かないし、せっかくバレずに城を逃げ出したのに見つかる羽目になってしまう。

そうならないように、多少の面倒は許容するべきだ。

追っ手である可能性も捨てきれない……と言いたいところだが、ここまでするだろうか？　追っ手ならもっと自然についてくるんじゃないか？

……まあ警戒は怠らないようにしよう。

「ほ、本当に⁉　それでは、これからは存分に使ってください」

はあ～。使ってくださいって……

まあこれも後回しだな。ひとまずはこの場を離れよう。

「それじゃあこれから出発するけど、まだ走れるか？」

「はい！　あの程度であれば半日は走り続けることができます！」

「あの程度……それに半日って……」

まじかよ。すげーなこの子。いや獣人の種族特性か？

俺の脳内辞典には獣人のことは詳しく載ってないからどっちか分からないな。基になった爺さんは魔術のことはよく知ってたみたいだけど、他種族の知識はあんまりなかったみたいだ。

獣人の文字を知ってたのも、他種族の魔術を学ぶために最低限覚えたからってだけみたいだし。

「まあいい。まだ走れるなら急ぐぞ。できるだけ早くこの国から出たい」

「はい！　かしこまりました！」


大幅に、というほどでもないが、進路がズレてしまっていたので修正しながら走る。

イリンは俺の後ろを、ほとんど音を立てずについてきていた。

「そういえばその話し方は素(す)なのか？　違うんだったら普段通りに話しても構わないんだぞ？　俺もそうするつもりだし」

いくら主人になった……というかさせられたとはいえ、俺自身にその意思はない。

そう遠くないうちに故郷に戻ってもらうつもりだ。

でも、しばらくの間は一緒にいることになるんだし、どうせならもっと砕(くだ)けた話し方の方が楽なんだけど。

「お気遣いありがとうございます。ですが奴隷として、主人であるあなた様に対して、普段の口調で接するわけには参りません」

「……そうか。それにしても難しい敬語をそんな流暢(りゅうちょう)に話せるなんて、イリンのいた国では人間や他種族の言葉を学んでいるのか？」

「いいえ、違います。私の暮らしていた里では一般的に、他種族の言葉どころか、自国の文字すら教わりません。私は長の家系なので、自国の文字は母から教えてもらっていましたが」

そうなのか。自国の文字を教わらないなんてことあるのか。日本じゃ考えられないな……ん？

……今気づいたんだけど、俺がやった『偽の契約書で逃がそう作戦』って、失敗する可能性があったってことじゃないか？

あっぶねぇ～。イリンが文字を読めてよかったぁ～。

まあ、もう終わったことだ。話を進めよう。

「ならどうしてだ？　里としては人間の言葉を教えてないけど、イリンだけ誰かに教えてもらったのか？」

「いいえ。里にいた頃、よく来ていた冒険者の方の言葉を聞いて、少しだけ覚えたのです。ただ、簡単な単語を理解できる程度で、会話できるほどではありませんでした。あなた様に助けられた後、このままではあなた様のもとに向かうことはできないと、街の方々の言葉を聞いて覚えました」

それじゃああの時俺が話してたことも、完璧には理解してなかったってことかな。

というか、街の人が話してるのをただ聞いただけで、言葉を理解したのか？　確かに外国に住んでると、その国の言葉の覚えが早いってのは聞いたことがあるな。

ん？　でもこの子と会ったのは確か――

「覚えたって、俺がイリンを助けてから一ヶ月も経ってないくらいだよな。それから言葉を覚えたのか？」

「はい。お恥ずかしながらあなた様に助けられた後、あの街に行くまで十日ほどかかってしまいましたので、言葉を覚えたのはそれからですが」

「……ちなみに文字の方はどうなんだ？」

「そちらは一応読み書きはできるのですが、まだお見せできるようなものではありません。申し訳ありません」

「あ、いや、別に責めてるわけじゃないから謝る必要はないさ」

ってことは二週間くらいで一つの言語をここまで覚えたってことか……すごくね？

俺なんか、学校で数年かけて勉強した英語もまともに話せないのに。

これが天才ってやつなんだろうか。もしくは俺に向けられているドロドロした愛情が原動力になったとか……人は大事なもののためならなんでもできるってか？

そうだったら本当にヤバイな。逃げられる気がしないよ。

まあ、いざ本当にやばくなってもどうにかなるだろ。なにせ逃げるのは得意だからな！　……自分が傷つくだけだからやめておこう。

それと他に気になるのは、メイド服だな。もしかして、服を手に入れるために城に侵入したのだろうか？　……したんだろうな。それ以外に考えられないし。

「そのメイド服はどこから持ってきたんだ？　それ城にあったやつだろ、侵入したのか？　見つかれば大変な目に遭ってたぞ」

「私のことを案じてくださるなんて、なんと慈悲深いお方なのでしょうか！　ですがご心配なく。私はお城に侵入などしておりませんので」

城に侵入していないなら、どうやって手に入れたんだ？　というか、あの視線は城の外から向けられてたってことか……

「じゃあその服はどうしたんだ？」

「自分で作りました」

「つくった……」

……そうか～、つくったのか～。すごいな～。

「はい。あなた様にお会いするのであれば、それにふさわしき格好というものがありますので用意いたしました。人間は誰かにお仕えする時はこの格好をするのですよね」

厳密には違うけど、従僕の服と考えれば間違ってはいないか。

「そうか。でも俺と一緒に来るつもりならその服は着替えてもらうぞ。目立ちすぎる」

「あなた様の仰せのままに」

……言いたいことは色々あるけど、今は先に進もう。

「あっと、そういえばまだ名乗ってなかったな。俺は安堂彰人だ。アンドーでもアキトでも、好きに呼んでくれ」

「かしこまりました。それでは改めまして、私の名前はイリン・イーヴィンと申します。以後よろしくお願い申し上げます、ご主人様」

……名乗った意味ないじゃん。


「やっと着いたな」

夜通し走り続け、翌日の昼過ぎになってやっと目的の街が見えてきた。

徒歩で二日といっても、途中一泊する計算だ。全力で走れば、一晩で何とかなる。

本当は昼前には着く筈だったんだけど、どうせ泊まる予定だし、問題ないだろう。

とにかく今日中にやらないといけないこともあるし、少し急ぐか。

そう思いながら門へ近づくと、門兵に声をかけられた。

「街に入るのであれば身分証を見せてもらおうか」

それほど大きくない街には門兵がいない場所もあると聞いたんだが、ここにはちゃんといるみたいだな。

「ああ、すみません。ちょっと待ってください。今出します」

とか言ったが身分証なんて出せない。なにせ俺が持っているのは、勇者として与えられたものだけだ。

仕方ない、通用するか分からないけど、やっぱりここは考えていた方法を試してみるか。

「あっ、そういえばちょっといいですか？　奴隷の身分証ってないんですけど、どうすればいいですか？」

「奴隷は主人の確認ができれば身分証は必要ない。身分証もタダじゃないしな」

丁寧に接したからか、門兵の態度が少し柔らかくなった。

「ははっ、そうですね。ああ、後はこの街のおすすめ宿屋とかあります？」

懐に手を入れ、身分証を探すふりをしながら世間話を続ける。

「ん？　そうだなぁ。門を越えて真っ直ぐ行くと広場があって、そこの周りに宿が集まってる。そこにあるやつならどれもいい宿だぞ」

「そうですか。ありがとうございます」

「これくらいならなんでもないさ――で、身分証はまだか？」

その言葉に、探していた手をピタリと止めて門兵と見つめ合う。

「あ、あはは。いやもうちょっと待ってください。確かに財布の中に入ってますから。財布が見つかれば、すぐにでも出せますよ」

「……なあ、それってスられたんじゃないのか？」

ジト目を向けてくる門兵。

「……は、はははは。そ、そんなわけ、ないじゃないですか。ちゃんと前の宿を出る時はあったんですよ？　やだなー。ははっ……」

「……その街を出た時は？」

「……」

俺がついっと顔を逸らすと、門兵はため息を吐いた後、俺に道を譲った。

「入っていいぞ」

「は？　いいんですか!?」

「ああ。ただ問題は起こすなよ」

まじか？　いいのかそんなんで？

いや、一芝居打って街に入ろうとしたのは俺だけどさ……もっとこう、「身分証を作ったら、ここに戻ってこい」とか「今から一緒に登録しに行くぞ」とかになると思ってたんだよな。

「あ、ありがとうございます！」

まぁ、いいと言うんだからいいんだろう。

俺は優しい門兵に頭を下げながら街の中に入っていった。


さて、最初に向かうのは冒険者ギルドだ。

この世界にも、ラノベなんかでよく見る『冒険者ギルド』がある。

成り立ちとしては、とある街に立ち寄った旅人が、荒くれ者たちに仕事を与えることで治安をよくしようと、行政に訴えたことがきっかけらしい。今では国境を越えて世界中に広がる組織になっているとか。

……その旅人は、多分異世界人だろうな。俺が思い描くギルドとそっくりだもん。

「なんだかしょぼい建物だな」

道行く人に尋ねながら辿り着いた冒険者ギルドは、築何十年という感じのボロい建物だった。

風雨によって壁のあちこちはボロボロになり、周囲の景観からも浮いている。

こんな世界だし仕方ないか。それにこの街はすぐに出る予定だし、ちゃんと役割を果たせばなんだっていいや。

ギイィイ、という音を立てる扉を押して中に入ると、外見から容易に想像できるような光景が広がっていた。

受付カウンターらしきスペースだけではなく、酒場も併設（へいせつ）されていて、汚れた机や椅子が置かれている。

そこに座るガタイのいい男たちからは、昼間なのにアルコールの臭いが漂ってくる。

しかもどこかから、すえたような臭いもしていて、思わず顔をしかめてしまった。

だが、ここで引き返すことはできない。

俺はため息を吐きながら、受付へと進む。

「こんにちは。冒険者として登録したいのですが、ここで受け付けていますか？」

「あ？　んだオメェ。新人かよ」

受付の向こうからそう言ってきたのは、酒を飲んでいるおっさんたちよりも厳ついおっさん。

こういうのはセオリー通りなら美人の受付嬢であるべきだろうがっ！　チクショウ！

おっさんはその鋭い目で俺のことを睨みつける。

なんだか目を逸らしてはいけない気がして、結果、おっさんと見つめ合うことになってしまった。

なんでこんなことになってんだ？　どうせ見つめ合うなら、可愛い女の子ともっと穏やかなシチュエーションがよかったよ……いやまあ、そうなったらなったでまともに見られないかもしれないけどさぁ。

しかもこのおっさん、なんか王女と会談してた時みたいな威圧感もあるし、怖えよ。

恐怖を感じた俺は、反射的に魔力を放出してしまう。

あっ、まずかったか？

「――ようこそ！　よく来たな。歓迎するぜ！」

ええ～。なんだこのおっさん。

おっさんは俺の焦りに反して、その厳つい顔を禍々（まがまが）しく歪（ゆが）ませた。本人は笑っているつもりなのだろうけど、こわい。

威圧感もいつの間にか消えていたので、俺も魔力を抑える。

「えっと、ありがとうございます。それで登録はお願いできるでしょうか？」

「おう！　もちろんだ！　ちっと待ってろ」

おっさんはそう言って受付の奥に入っていくと、箱を抱えてすぐに戻ってきた。

「よっし！　じゃあこいつに血を垂らしてくれ。それで身分証を作る」

箱の中に入っていたのは、王城で使った、血を抜く魔術具と同じようなものだった。

同じような、というのはその見た目が違うためだ。

王城で使ったものは、宝物庫に入っていてもおかしくないほどに綺麗に装飾が施されていたが、ここにあるのはかなり簡素だ。十分の一、いや、その程度の価値もないかもしれない。

痛いのは嫌だが、身分証を作るには血が必要なので、俺は素直に魔術具を起動させる。

あ……そういえば、今回は名前を偽る気はないんだけどどうなるんだろう？　というかむしろ、スズキのままだったらちょっと面倒になるかも。

そう思ったけど、その心配は杞憂に終わった。

出来上がった身分証のプレートを見てみると、『アキト・アンドー』と表記されている。

「アンドーか。これでお前も冒険者だ。頑張れよ！」

「ありがとうございます。まあ無理しない程度に頑張りますよ」

「くははっ！　そうだな、そうした方がいい。無理しても死ぬだけだからな」

なんだ、このおっさん、顔が厳ついだけで存外いい奴じゃないか。

「それで？　そっちのチビッコも登録するのか？」

「え？」

言われて振り向くと、イリンが身じろぎせずに佇(たたず)んでいた。

やっべ〜、この子が付いてきてたこと、すっかり忘れてたよ。

でも仕方ないだろう、イリンはほとんど気配がないから。

安心できるところに辿り着くまでは探知を切るつもりはないので、常に薄く広げるようにしている。しかし彼女は、この探知に引っかからないのだ。

いくら探知が薄いといっても、暗殺者であるらしい城のメイドたちもしっかりと感知できていたのに。

イリンのことを見てみると、俺の視線に気づいたのかこっちに顔を向けニコリと微笑む。

あー、中身はヤバくっても見た目はただの女の子なんだよなぁ。おっさんの凶悪な顔を見た後にこの子の笑顔を見ると癒(いや)されるな〜。

しかし、どうしたもんか……

身体能力は高いし、気配を消す能力も一流だ。一緒に冒険者に登録するのもアリか？

……うん。その方が動きやすいかもしれないな。

身分証にもなるし、登録させて損はないか。

「そうだな。イリン、登録してもらってもいいか？」

「はい。あなた様に捧げた身です。ご命令とあればいかようにもいたします」

……一応、主人になったとはいえ、嫌なことがあったら嫌だと言ってほしいんだけどな。

それからイリンも登録を進めていく。

「よし、もういいぞ！　――イリンか。嬢ちゃんも頑張りな！」

「ありがとうございます」

俺に対するものと違って、全く感情がこもっていない機械的な声で感謝を述べるイリン。

苦笑するおっさんに、俺は二人分の登録料を渡す。

「冒険者としての規則は知ってるか？　知らないなら教えるがどうする？」

おっさんがそう言ってくるが、俺は首を横に振る。

国としても冒険者を使うことがあるらしく、基本的な規則や暗黙の了解はあの爺さんの脳内辞典に記録されていた。

「いや、大丈夫です。元々旅をするのに便利だから登録しただけで、活動自体はまともにやるつもりはないので――今のところ依頼を受ける予定はありませんし」

「……なんだ、そうなのか。お前ならミスリル冒険者にもなれるかもしれねえのに」

ため息を吐くおっさん。

ミスリルというのはこの世界にある鉱石のことだが、冒険者の階級を表すこともある。

冒険者の階級は『鉄』から始まり『銅』『銀』『金』『ミスリル』『オリハルコン』『竜』と上がっていき、そのプレートもそれぞれの階級の名前の素材製になっている。

鉄級なら鉄のプレート。ミスリル級ならミスリルのプレートといった具合だ。

一般の冒険者で一番多いのは銀で、ミスリルはその二つ上だから、かなりの実力者じゃないとなれない筈なんだが……

「なんでそう思うんです？　こんな平凡な奴なんてどこにでもいるでしょう？」

「俺の視線から逃げ出さなかっただろ？　それどころか、威圧してんのに笑顔のまま威圧を返してきやがった。そんな奴どこにでもはいねぇよ」

なるほど、あれは選別だったってわけか。俺の選択は間違っていなかったようだな。

……嘘です。顔を逸らさなかったのも威圧を返したのもただの偶然。事故のようなものです。

「まっ、頑張れや！　お前が有名になったら、冒険者として登録した街ってことでここの名を広めてくれよな」

「気が向いたら頑張りますよ。では、ありがとうございました」

身分証も作ったし、俺たちは冒険者ギルドを後にする――

「おい、テメェちょっと待て」

ことはできなかった。

振り返った俺の前には、俺より頭一つ分大きな、禿頭（とくとう）の男が立ちふさがっている。

なんでこんなことになっているのだろうか。原因が全く分からない。

騒ぎを起こさないように静かに丁寧に対応していた筈なのに、なんで俺は絡まれてるんだ？

「はい。どうかしましたか？」

物腰柔らかにそう尋ねたが、目の前の男は声を荒らげる。

「テメェみてえな奴がミスリルになれるだとぉ？　ふざけんじゃねえ！　俺はもう二十年も冒険者やってんのに『金』だぞ！　それなのにテメェがミスリルとか、ありえねえだろうが!!」

ただの八つ当たりじゃないか！

ミスリルになれるって言ったのは俺じゃなくてあっちの受付の奴なんだから、あっちに行けよ！

「そんなことを私に言われましても……何かおありでしたらあちらの――」

「うるせえよ！　俺はすげえんだ！　テメェなんぞ俺の足元にも及ばねえ！」

「そうですね、全くもってその通りです。ですので私のような格下に――」

「今すぐ俺と勝負しろ！　俺が勝ったら俺の方が強ぇんだ！」

話が通じねぇぇぇ!!

何だこいつは！　酒で酔ってんのは分かるけど、絡むんなら他の奴のところ――俺に迷惑がかからないところにしてくれよ！

チラリとさっきの受付の男に視線を向け、救いの手を求めてみるが、ニヤニヤと笑っているだけで動く気配がない。

周りにいる奴らも同じように笑いながら見ている。中には野次を飛ばしたり賭けを始めたりしている奴らまでいた。

くっそ！　こいつら、その辺の太い柱を収納して、建物ごと潰してやろうか？

まぁ、『収納』なんか使ったら、それがスキルだろうと魔術だろうと騒ぎになるから使わないけど。

「ああはい勝負ね。いいですよ、やりましょうか」

こうなったら、勝負を受けるしかないか。それが最も騒ぎを大きくしない方法だ。

冒険者ギルドでの騒ぎは日常茶飯事。たとえここで戦ったとしても、ありふれた一コマとして忘れられるだろう。

「そうかよ！　じゃあ死ねやあぁぁあ！」

男がいきなり殴りかかってきたが、俺はそれを余裕を持って回避する。

フッ、止まって見えるぜ——なんてね。

この程度、毎日のように勇者と戦闘訓練をしていた俺なら楽々回避できる。

というか「死ね」ってなんだよ！　冒険者流のお遊びの延長じゃないのかよ⁉

今のだって、俺が一般人だったら顔面に直撃して、運が悪ければ本当に死んでたかもしれないぞ！　新入りにやるようなことじゃないだろ！

それでも冒険者たちの間ではよくあることなのか、周りからの野次が一層大きくなった。

「避けてんじゃねえぇぇぇえ！」

また大振りで殴りかかってきた男の拳を避ける。

それに苛立った男が更に連続で殴りかかってくるが、その全てを避けた。

——もういいかな？　そろそろこの男の攻撃にも慣れたから終わらせることにしよう。

「クソがっ！　さっさと！　死にやがれ!!」

急にガクッと体勢を崩した俺を見てチャンスだと思ったのか、男が大きく振りかぶりその拳を振り下ろしてきた。

このまま喰らえばかなり痛いだろうが、体勢を崩したのは意図的なものだ。

誘い通りに振るわれた拳に合わせて、大袈裟に吹き飛ばされたフリでもすれば、この男も満足するだろう。

そう思い、目を瞑って吹き飛ぶ準備をしていたのだが、彼の拳はいつまで待っても俺に届くことはなかった。

「ご主人様の敵は消えてください」

目を開けると、男は目の前で両膝を突いていた。しかも喉は掴まれ、右目も小さな手で塞がれている。よく見れば、右足のふくらはぎも踏みつけられていた。

それをやっていたのは——イリンだ。

「なっ——」

「喋ったら殺します。動いても殺します。分かったらそのままおとなしくしていてください」

男が声をあげると、イリンが冷たく言い放つ。

何が起こっているんだ？　ほんのちょっと目を瞑っただけで、どうしてこうなってるんだ。

「イリン、その男を離してこっちに来なさい」

俺は混乱しつつ、ひとまずイリンを止めるべく立ち上がって声をかける。

「はい！」

イリンは俺に声をかけられたのが嬉しいのか、先ほどまでの無表情から打って変わって満面の笑みになり、パタパタと尻尾を振りながら小走りで近寄ってくる。

「――大丈夫ですか？　私の奴隷が失礼しました」

「あ、ああ。だ、だ、大丈夫だ。問題ない」

どこかで聞いたフレーズだが、本人が言うのだから大丈夫なんだろう。

俺はくるりと振り返って、周りで見ていた奴らを見回す。

「みなさん、私は新人冒険者のアンドーと申します。私の奴隷が余興を潰してしまって申し訳ありませんでした――行くぞ、イリン」

そう言って頭を下げた後、俺はイリンを伴って、逃げるようにその場を後にした。

＊＊＊

俺はこのギルドの支部長をやってるジークだ。

長いことギルドを見ているが……正直言って、今起こった出来事が信じられないでいた。

「……なんだったんだ？」

新人二人が出ていった後、静寂に包まれたギルドの中で、一人がポツリと呟いた。

その声で我に返った俺は受付から出て、さっき喧嘩をしていた禿頭の男――バルドのもとに向かう。

「おいバルド。大丈夫だったか？」

「ああ、怪我はねぇ」

どうやらなんともないようだ。よかった。

こいつはうちでもそれなりの稼ぎ頭だから、こんなことで怪我でもされちゃ困る。

実は俺とバルドはグルで、必要に応じて俺が合図を出すとバルドが喧嘩を吹っ掛ける、というのがこのギルドの習わしだった。

とはいえ、それは私欲ではなくギルドのためだ。

本来、冒険者として登録した後は、いくつか依頼を勧めることでその者の実力を測る。

しかしごくまれに、あいつらみたいに依頼を受けない奴もいる。

そういう奴らの戦力調査のため、バルドに協力してもらっていた。

実力者であるバルドとしても、自分のテリトリーを荒らされないように新人の実力を確認しておきたいということで、俺たちの利害は一致していた。

そして、バルドが喧嘩を吹っ掛けたのはそんな理由からだと分かっているからこそ、この場にいた冒険者は誰も止めずに賭けなんかをしていた、というわけだ。

「……なあ、俺は何をされたんだ？」

バルドは首を傾げつつ、そう聞いてくる。

「分からなかったのか？」

「ああ、殴りかかってた筈なのに気づいたらああなってた」

「そうか……だが俺にもはっきり見えたわけじゃないぞ。あの子供がいつの間にかお前の後ろから飛び出して、膝裏を蹴って体勢を崩した後、ああなった」

アンドーとバルド、二人の喧嘩が始まった時点から、あの子供――イリンは誰にも気づかれずに移動し続け常にバルドの背後を取っていた。

衰（おとろ）えたとはいえ、俺は元ミスリル級だ。その動きには何とか気づいていたが、その後のバルドを捕らえた動きは、目で追うのがやっとだった。

「……すげぇな」

「そうだな――イリンとアンドーか。あいつらならミスリルどころか、オリハルコンにだってなるかもしれねぇな」

「はっ！　その次は『竜』か？」

「流石にそこまではいかねぇだろ……でも、もしいったら、ここのことを宣伝してもらえないかな？」

「バッカおめぇ、そんなことになったら俺が負けた話まで広がっちまうじゃねぇか！」

「はーっはっはっは、そいつぁいいじゃねぇか！　面白そうだ！」

「俺は面白くねぇよ！」

俺たちの掛け合いを皮切りに、ギルドの中は笑いに包まれいつもの姿に戻った。

……だが、本当に宣伝してもらえないものだろうか？　そうすればこのギルドの評価が上がって、俺の給料も上がるんだがなぁ。

＊＊＊

夕暮れに染まる街の中。

賑やかな道を、俺とイリンは一言も話すことなく歩いていた。

感情によって動きを変えるイリンの尻尾は、現在少しも動くことはなく、だらりと力なく垂れ下がっている。

……き、気まずい！　どうしよう。なんて声をかければいい⁉

「――ご迷惑をおかけしてしまい、誠に申し訳ありませんでした」

冒険者ギルドを出た後、イリンはそう言った。

どうやら、俺があっさり立ち上がって謝った姿を見て、わざと殴られようとしていたこと、そして自分がその邪魔をしてしまったことに気づいたようだった。

そしてそれ以来、このまま自殺してしまうんじゃないかってくらい落ち込んでいた。

これまでは、俺が少しでも視線を向けようものなら笑顔を返してきたというのに、今はそれもない。

従者として俺に恥をかかせないようにとでも思っているのか、背筋を伸ばして姿勢よくしっかりと歩いているが、どこか痛々しく見えた。

でも、俺にはどうすればいいのか分からない。こんな自分に心酔（しんすい）している子の宥（なだ）め方なんて知らない。

くそっ。部下の扱い方とか、ちゃんと義務教育で教えておけよ！　今の時代、会社を興して社長になる奴も多いんだからさぁ！　……まあここまで心酔されることなんてまずないだろうけど。

はぁ。バカなこと考えてないで、さっさと行こう。

だいたい、この子が完全に俺の味方である保証はない。

俺の身の危険に直結するかもしれない相手を慰める義理なんてないのだ。

……まあ、いろんな情報を統合するに、王女の追っ手である可能性はほとんどないとは思うんだけどさ。

それでも、何があるのか分からないのが異世界だ。常に警戒しておくに越したことはない。

それに、仮に追っ手じゃないとしても、この子は何をしでかすか分からないからな。

信用できるか、もうちょっと判断を待ってもいいだろう。

とりあえず、この街でやらないといけないことは終わったので、宿に行くことにした。

イリンのことをどうにかするのは、宿で落ち着いてからでも構わないだろう。

問題の先送りでしかないが、この場で込み入った話をするよりはマシだろう。


優しい門兵に言われたように広場まで行き、目に留まった適当な宿屋に入る。

当然と言えば当然だが、そこは日本のホテルや、これまで滞在していた王城とは、比べ物にならないほど質が悪かった。

だが、なんだろう？　男心をくすぐられるというのか、妙にワクワクしている自分がいる。

いかにも物語に出てきそうな宿屋だからかな？

きょろきょろとしていると、カウンターにいた女性がこちらに気づいた。

「あっ！　いらっしゃいませ！」

「こんにちは。部屋は空いてます？」

「はい！　部屋割りはどうされますか？」

「一人部屋を二部屋お願いします」

「かしこまりました～！　お食事はどうしますか？　朝・昼・夕の鐘(かね)が鳴ってから二時間程度は食

堂が開いてますけど、お泊まりの方なら別料金で、時間になったらお部屋まで運びますよ」

「食堂か……」

こんな感じの宿の食堂で食べてみたいって気持ちはあるけど、今はあんまり人目につかない方がいいよな。

それに俺が食堂に行くとイリンも付いてくるだろう。もしそこで獣人だっていうのがバレたら面倒なことになるだろうから、やめておいた方が無難か。

「部屋まで持ってきてもらえますか」

「はい！　──では二階の手前側にある二番と三番がお部屋になります」

差し出された鍵を受け取って、黙ったままのイリンを連れて二階に上がる。

「俺はこっちでイリンはそっち。明日は朝の鐘が鳴る前に出て行くから、そのつもりでよろしく」

俺はそう言うと、イリンの返事を聞かずに部屋に入った。

そしてそのまま、街に入る前から背負っていた荷物を下ろしてため息を吐く。

収納がある俺は、本来手ぶらでもいい。しかし流石にそれでは怪しまれると思い、布を詰めたリュックを背負っていたのだ。

中身は布だけだからそれほど重くはないが、荷物を下ろしたというだけで、幾分(いくぶん)か心が安らいだ。

……さっきの態度はちょっと冷たかったか？　でもイリンが敵である可能性が完全になくなるまで、信頼できない──あの子が敵である可能性は限りなく低かったとしても。

それに何より、あの子にどう接していいか分からない。

好意を向けてきてはいるけど、それが本物だという証拠はないし、見抜く方法もない。まあ、愛や恋に証拠を求めるっていうのがそもそも間違いなんだろうけどね。

そして何よりあの目。あれがどう対処していいか分からない原因の一つだ。

あんな目をした人に会ったことはないが、確実にヤバいと断言できる。

まぁいずれにせよ、しばらく彼女を連れて行かないといけないことに変わりはない。

はぁ。城を脱出しても初っ端からこんなんじゃ先が思いやられるよ。

……俺、後ろから刺されたりしないよな？


部屋にいても悶々とするだけだったので、俺は気分転換も兼ねて今後必要そうなものの買い出しに出ていた。

そうして今いるのは古着屋だ。

俺の服は城から支給されたこともあって、なかなかに質が良く、着心地がいい。

しかし、ここに来るまでに汚れているとはいえ、見るからに高級なので街中では浮いてしまっていた。

これでは、追っ手が向けられていた場合すぐに見つかってしまうだろう。

というわけで、一般の人がよく服を買うという古着屋に来たのである。

ちなみにイリンは、俺が部屋から出ても反応がなかった。多分寝ているのだろう。

「ん～……」

俺は商品を物色しながら唸る。

流石は異世界の古着屋というべきか。着心地は悪いし汚れてるしで、まともな服はほとんどない。

古着屋という割には新品の綺麗な服も置いてあったが、値段設定はかなり高めだった。街中で妙にボロい服を着た人をよく見かけたのも納得だ。

まあ、俺はその新品の服を買うんだけどね。

城の宝物庫にはそこまで現金が入っていなかったとはいえ、一般市民からしたら結構な額だ。やろうと思えば、この店を丸ごと買えるだろう……そんなことしないけど。

服を買いその場で着替えた後、異世界の街並みを見て回ることにした。

王都を散策させてもらったこともあるけど、護衛兼監視の騎士や他の勇者たちもいてゆっくり見られたわけじゃなかったから、こうやって観察できるのは新鮮だった。

歩いていると広場に出たので、置かれていたベンチに座って今後のことを考える。

現状では、このまま南の国境を越えてから、獣人の国がある地域に行くつもりだ。そのままイリンの故郷に行って、そこに置いてくる……というのが一番いいだろう。

……正直、イリンのあの様子じゃ素直に残るとも思えないけど。まぁそれは、その時にならないと分からないから今考えてもどうしようもない。

その後は……どうしようか？　やっぱり旅でもしようかな？

元の世界には戻れなさそうだし、そもそも戻る気もない以上、この世界で生きていかなくちゃいけない。

それなら色々見て回りたいよな、地球にいた時は旅行なんてする暇もなかったからなぁ。

……それに、精一杯楽しんでやるって決めたからな。

ああ、そのうち家を建ててどこかに落ち着くのもいいな。足がつかない方法は考えないといけないけど、宝物庫の中身を売れば金は大量に手に入るし。

まあ、それもこれも、この国を無事に抜け出してからだ。

……それにしても、イリンのことはどうするか。

宿を見つけて、服も替えたら心理的に余裕が出てきた。

改めてあの落ち込みようを考えると、演技とは思えないんだよな……

そんな保証はどこにもない。裏切られたら死ぬのは自分だということは分かっている。

でも、あんな子を疑うのは嫌なもんだ。それにそもそも誰かを疑い続けるっていうのは疲れる。

今は逃亡中の身だし、イリンを故郷に帰すまでの短い間だけど、どうせ旅をするなら楽しくいきたい。

何か、信じるに値する証でもあればいいんだけど、そんな都合のいいものがある筈ない。

いっそのこと、このままイリンを置いて今からこの街を出るという手もある。そうすればあの子を疑う必要もなくなるだろう。

……でも、あの子だけを置いていくと罪悪感半端ないしなぁ。

というか、そんなことをすればまた『なんとなく』で見つけられて、今度は刺されるんじゃないか？　「よくも自分を捨てたな～」って感じで。

もしくは自殺とか？　目の前でそんなことされたらたまったもんじゃない。

そういえば、さっき見た時もそれくらい落ち込んでたな。あれが演技だと思えないけど、疑わないわけにはいかないいんだよな。でもあんな子を疑うなんて……

……あーもう！　ダメだ、考えが戻ってる。

でも、一つだけ確かなことがある。

それは、俺はまだ死ぬわけにはいかないということだ。

城を抜け出してここまで来る際に、俺は仲間だった者を――永岡くんを殺している。

あれはある意味事故だったし、襲ってきたのは彼の方なんだから、自業自得でもあるだろう。

だけど、俺はそう簡単には割り切れない。

正当防衛かもしれないけど、最終的に殺してしまったのは俺だ。

だからあの時誓ったように、彼に対する償いになると信じて、俺は精一杯楽しんで生きなければならない。

ただの自己満足だし、彼はそんなことは望んでいないだろう……むしろ、さっさと死ねと思われているかもしれない。

それでも俺は生きる。そしてそのために最善を尽くす。

たとえ誰かを疑わないといけなかったとしても。

たとえそれで辛い思いをすることになるとしても。

俺は、生き残るためならなんだってやってみせる。

結局は、それすらも罪悪感から逃げているだけなんだろうけどな。

……ほんと、俺は逃げてばっかりだな。


俺が部屋に戻ってすぐ、夕の鐘が鳴った。

そしてすぐに、コンコンコンとドアを叩く音が聞こえる。

「夕食をお持ちしました」

ああ、宿の人か。

まさかこんなにすぐに持ってくるとは思わなかった。

……いや、鐘が鳴ってから食堂が開くなら、これから客が入って忙しくなる筈だ。その前に料理を運んでしまおうってことだろう。

——っと。早く返事をしてあげないと。

「はーい。今開けます」

必要ないとは思うが、いつでも武器を取り出せるように警戒しつつ部屋のドアを開ける。

「どうもありがとうございます。お仕事お疲れ様です」

「ありがとうございます――こちらが夕食となります。食べ終わったら、器は部屋の前に置いてください。後で回収しに来ます」

夕食を受け取ってドアを閉めると、少し緊張を解く。

はぁ、やっぱりこんなに警戒する必要なんかないんだよ。まあ気を抜きすぎるのも問題だと思うから、油断するつもりはないけど。

さて、早速夕食にするか。

異世界に来て初めての――王城のは豪華すぎて『異世界』って感じがしなかったので除外――まともな食事だ。

「いただきま――」

コンコンコンッ
なんだよ、これから食事って時に。

さっきの宿の人はもう用はない筈だし、イリンだったら声をかけてくるだろうし、誰だ？

……まさかもう追っ手が来たのか？

単に姿を消した俺を心配して捜索しているのか、それとも脱出計画に気づいた王女が、俺を処分するために刺客を差し向けてきたのかは分からないが……いずれにしても見つかれば面倒なことになるのは間違いない。

どうする。逃げるか？　それとも戦うか？

くそっ、焦りすぎだ。落ち着け。まずはちゃんと探知を確認しないと。

俺は深呼吸をして、探知を濃くする。

すると扉の前にいたのは、さっきの宿の人だった。

……あれ？　もしかして俺の考えすぎだった？　最初から追っ手なんて来てない？

……ぅおおおお!!　はずかしいぃぃ！

何が「追っ手が来たのか？」だよ！

だいたい追っ手がノックなんてするわけないだろ！

普通に考えれば、さっきの宿の人に決まってるじゃないか。焦りすぎだ！

——コンコンコンッ
「!!」

しびれを切らしたのか、もう一度ドアが叩かれる。

「は、はい！」

俺が慌ててドアを開けると、やっぱりさっきの宿の人だった。

「すいません。開けるのが遅くなってしまって」

「いえ、こちらこそお食事中すいません」

「それでどうかしましたか？」

「実は、あなたと一緒に泊まりに来た方の部屋をノックしても、一向に反応がなかったのでこちらに持ってきたのですが……」

宿の人はそう言って、手に持った夕食を見せてくる。

「ああ、そうでしたか。ご迷惑おかけしました」

「いえ、迷惑だなんて」

「もしかしたら部屋で寝てるかもしれないので、様子を見て渡しておきます」

「分かりました。ありがとうございます」

宿の人は俺に夕食を渡すと、ホッとした様子で一階に下りていった。

——さて、どうするか。

というか、イリンは何をしてるんだ？　宿に着いてから部屋を出ていないんだろうか。

コンコンコンッ
とりあえずイリンの部屋の扉をノックしてみるが、確かに反応がなかった。

探知で調べた感じだと、いるにはいるみたいだけど……相変わらず反応が薄くて分かりにくいな。

「イリン、寝てるのか？」

もう一度ドアを叩きながら呼びかけてみるが、やっぱり反応はない。

「イリン。開けるぞ」

そう言ってドアを開けると、部屋は鎧戸まで閉められ、真っ暗な状態だった。

そしてどこからか、小さな声が聞こえてきた。

「ごめんなさいごめんなさいごめんなさいごめんなさいごめんなさいごめんなさいごめんなさいごめんなさいごめんなさいごめんなさいごめんなさいごめんなさいごめんなさいごめんなさいごめんなさいごめんなさい——」

「～～～っ⁉」

バダンッ‼

俺は壊れるんじゃないかというほどに勢いよく扉を閉めた。

なんだ！　なんだったんだ今のは⁉

ドクドクと激しく脈打つ心臓がうるさい。右手を胸に当てるが、全く静かにならない。

「——ふぅぅぅぅ」

大きく息を吐いて心を落ち着ける。

そうだ。焦ってはいけない。慌ててもいけない。落ち着いて一つ一つやらないと失敗するのは何度も学んだだろう！

——大丈夫。大丈夫だ……よし。

それにしてもアレは何だったんだ？　というか、なにしてたんだ？

扉を閉める寸前、壁際で丸まっている姿が見えた気がする。

そしてあの「ごめんなさい」という声は、そちらから聞こえていた。

……怖いわ！　何だあれ！

あの「ごめんなさい」って何に対してだ？

暗くてよく見えなかったけど、あれって丸まってたんじゃなくて、土下座してたんじゃないだろうか？　イリンがいたのは俺の泊まる部屋側の壁だったし。

だとすると、さっきの謝罪はやっぱり俺に向けたものだったのか？

何に対しての謝罪かっていうのは……まぁ、昼に冒険者ギルドであったことについてだろうな。

それ以外に思いつかないし。

正直軽くホラーだったし、できることなら関わりたくないんだけど、このまま放置しておくのもはばかられる。

「はあぁ～～」

意を決して、再びイリンの部屋の扉を開ける。

「ごめんなさいごめんなさいごめんなさいごめんなさいごめんなさいごめんなさいごめんなさいごめんなさいごめんなさいごめんなさいごめんなさいごめんなさいごめんなさい――」

やっぱりさっきと同じように、壁の方に丸まった影があって、呪詛（じゅそ）のような謝罪のような何かが聞こえる。

……覚悟を決めたつもりだったけど、いざとなると尻込みするな。

……ええい！　行くぞ俺！

俺は再び扉を閉めたくなる気持ちをグッと抑えこみ、収納から灯りの魔術具を出してイリンの部屋の奥へと進んでいった。

「イリン。話がある」

「ごめんなさいごめんなさいごめんなさいごめんなさいごめんなさいごめんなさいごめんなさ――」

これまでイリンは、俺が何かを言うと素早く反応していた。

しかし今は、俺が話しかけても何の反応も示さず、そのまま壁に向かって謝り続けている。

「おい、イリン！　こっちを向け」

「……」

なので少し強めにイリンのことを呼ぶと、今度は謝るのをやめてゆっくりと俺の方を向いた。

「――うぱっ!!」

俺は思わず驚きの声をあげかけて、それも噛んでしまう。

こっちを向いたイリンの姿が、不気味なものだったからだ。

元々は可愛らしかった顔立ちは、しばらく何も食べていなかったかのように頬がこけている。

眼は血走り瞳孔は開き、涙に濡れた目元は真っ赤に腫れている。

そして、そんな姿が俺の持つ灯りによってほのかに照らされる。

数時間前までのイリンからは、到底想像できないものだった。

「どうかなさいましたか？」

イリンはさっきまで呪詛――じゃなくて謝罪の言葉を唱えていたその口で、普通に話しかけてきた。

自分の変化に気づいていないのか、きょとんとしている。

言葉だけを聞いたのなら、不思議なことなど何一つなかっただろう。

だが彼女の瞳は、なんと言えばいいんだろうか……ドロドロしていた。

きっと、あの憎悪にも似た視線を向けてきていた時も同じ瞳をしていたんだろう。

正直、だいぶ怖い。怖いんだけど、このまま放置しておくのももっと怖い。

この世界に来てから、怖いと思ったことは何度かある。

それは魔物だったり、俺を敵視していた城の連中だったり……命の危険を感じるような怖さだった。だがそれには対処方法があったから、そこまで辛くはなかった。

しかし今感じているのは、何が起こるか分からないという不気味さゆえの恐怖だ。

どっちも怖いことに変わりはないが、城の奴らの方がマシだったんじゃないかと思う。

……ははっ。なんで俺、異世界に来てこんなことになってんだろう？　いや異世界に来たからこそこんな状況になってるのか？

流石は異世界。地球でただ仕事をしてただけじゃこんな体験はできなかったぜ！

……はぁ。現実逃避するのはやめよう。まずはこの状態のイリンをどうにかしないと。このままじゃ無理心中エンドになりそうだ。

「夕食を部屋に持ってきたのに反応がなかった、って宿の人に言われてね。様子を見にきたんだ」

とにかく状況を進展させるために、イリンに話しかける。

「そうでしたか。ご迷惑をおかけして申し訳ありませんでした」

「……ああ」

くそっ。何が「ああ」だよ。もっとなんかいい言葉をひねり出せよ！

ゴクリと唾を呑み込んで、後退しそうな体を無理やり動かし、俺はイリンと目線が合うようにその場にしゃがみこむ。

「……なあイリン。お前がさっきまで謝ってたのは、昼間に冒険者ギルドであったことに対してだろう？」

「はい。申し訳ありませんでした」

「いや、気にするな。むしろ、お前はよくやった」

「……よく、やった？」

俺の言葉の意味が分からないのか、首を傾げながら聞き返してくるイリン。

「ああそうだ。確かにお前は、俺が目立たないようにわざと負けようとしたことに気づかず、戦いに乱入した。だがああしてくれたおかげで、より俺が目立ちづらくなった。だからイリン、お前はよくやった」

「……慰めていただかなくて構いません。私は失敗したのですから」

「慰めじゃないさ。本当によくやったと思っている」

慰めじゃないってのは半分嘘だけど、もう半分は本当だ。イリンがギルドでやらかしたおかげで俺は助かった。

「ありがとうございます」

でもイリンはそのことを理解していないみたいだ。

ありがとうと感謝を口にはしているけど、その表情は全く変わらずに口元だけが動いている。

「はぁ……お前が戦いに乱入したことで、あの場の話題の中心は、『あの男と俺の戦い』じゃなくて、『突然乱入した少女』に変わった。お前が目立ったおかげで、相対的に俺が目立ちにくくなったんだ。それは、俺が考えていたよりもいい結果だったんだよ」

それに、『アンドー』という名前も宣伝できたしな。もし王女がこの騒動のことを知ったとしても、勇者『スズキ』を探すあいつは、新人冒険者のことだから関係ないと思ってくれるだろう。

「それがたまたまであったとしても、俺が望む結果より更にいい結果を出したんだから、イリンは従者として責められることはないだろ」

「……そのように言っていただきありがとうございます」

けっこう詳しく説明してやったが、イリンはまだ納得しきっていないようで、さっきと同じようにただ感謝の言葉を口にするだけだった。

でも、返事の前に間があったし、多少の効果はあったみたいだ。

部屋が暗くて分かりにくかったけど、『従者』という言葉に反応していたようにも見えた。

『従者』。イリンの中ではその言葉は特別なものなんだろう。

俺と一緒にいるために必要な肩書きだからだろうか？

「まだ納得できないのなら、これからの行動で挽回すればいい。お前は俺の従者なんだろ？　時間はあるんだから」

イリンのことを全く信用していないのに、『これからの行動で』なんて言うのはおかしいだろう。付いてきてほしくない筈なのに、付いてきてほしいような発言をするなんて矛盾している。

それは自分でも分かっている。

そんな俺の内心に気づかないまま、イリンはおずおずと尋ねてくる。

「……私は、あなた様についていってもよろしいのですか？」

「もちろんだ」

「……本当に、よろしいのですか」

「構わない——ああ、でも一つだけお願いがあるんだが、聞いてくれるか」

どうせ拒んだって、陰から見守るくらいのことはしそうだし、あるいはこのまま死なれるようなことになっても嫌だ。

でも、一つだけどうにかしてほしいことがあった。

「何なりと。この身はあなた様のためにあるのですから」

イリンは今までの幽鬼のような様子とは違い、俺の話を聞こうとしっかりと姿勢を正している。

それでも、その姿が怖いのは変わらないんだけどな。

「そうか。なら——女性にこんなことを言うのはどうかと思うけど、その顔をどうにかしてほしい」

手鏡を収納から取り出してイリンに渡す。

「えっ？　——きゃ、きゃあぁぁぁぁぁぁ!!」

渡された手鏡を受け取って、自身の顔を見たイリンが悲鳴を上げた。

「いやあぁぁぁっ！　な、なんで!?　なんでこんなことになって……!?」

手鏡を投げ出し、頭を激しく振るイリン。

しまいには、自身の顔に爪を突き立てるようにして手で顔を押さえた。

「落ち着けイリン。ひとまずこれを使うといい」

そのままにしておけば更にひどいことになりそうだったので、収納から取り出した回復薬を渡す。

ストレスが原因だから、回復薬で治るかは正直疑問だけど……まあ目元の腫れとかは治るだろう。

「——お見苦しい姿をお見せしてしまい、申し訳ありませんでした」

回復薬を飲んだイリンは、そう言って頭を下げる。

予想通り、目元の腫れは引いて顔色もよくなっていたが、こけた頬は戻らなかった。

「いや、気にするな……いっぱい食べれば頬もそのうち戻るだろうし、夕食にしようか」

イリンの部屋で食事をとる気にはなれなかったので、一緒に俺の部屋に来てもらう。

いずれにせよこれから行動を共にするなら、俺が今置かれている状況と、今後どう動くかについて話をしておいた方がいいだろう。

というわけで、夕食を食べながら話すことにする。

「俺は訳あって王城の奴らから――いや、この国から追われている。だからできるだけ目立たずに素早くこの国を出たい。今日は色々と準備を整えるために一日使ったが、明日は朝の鐘が鳴って門が開くと同時にこの街を出て行くぞ」

まぁ正確には、『追われているかもしれない』なんだけどな。

とはいえ、その可能性がある以上は素早く動く必要があるし、そうじゃない可能性をわざわざ伝える必要はないだろう。

それに、こうして厄介事に巻き込まれていることを匂(にお)わせれば、イリンは離れていくかもしれない――

「はい！」

なんて思っていたけど、イリンは俺の言葉に笑顔で返事をした。

……やっぱりだめか。

こうして扱いに困って中途半端に遠ざけようとするくらいなら、いっそのこと彼女を殺してしまえば気が楽になるんだろうが……俺にはそんなことはできない。

生き残るためならなんだってやってみせる、なんて思ったくせに。

しかも、イリンを完全には信用していないと言いながらも、そのことに罪悪感を抱いている。

——くそっ、俺はどこまで中途半端なんだ。

「……明日は早いんだ。もう自分の部屋に戻れ」

そう言って、イリンを部屋に戻す。

これ以上、自分の中途半端さを直視しないで済むように。

「……俺は、何をしてるんだろうな……」

イリンが部屋を出たのを見届けて、そう呟く。

俺は結局、こうして逃げることしかできない。

でも、こうして逃げなきゃいけないような事態になっているのは、俺自身の行動の結果で、自業自得と言えるだろう。

もっと他にやりようはあったんじゃないかとも思うけど、考えても意味はない。

そんなことは分かってる。

でもイリンの一途さは、逃げたくなるほどに、俺には眩(まぶ)しすぎるんだ。

——逃げたいだなんて、ただの甘えでしかないけど。

悶々としながらもなんとか眠り、迎えた翌朝。

朝の鐘が鳴る前、俺たちはまだ開いていない門の前でパンを食べていた。

鐘が鳴ると同時に門が開くらしいので、すぐに出られるように待っている。

しかし宿の食堂が開くのは鐘が鳴った後。ゆっくり朝食をとっている時間はないので、屋台でパンを買ったのだった。

焼いた肉が挟まれたシンプルなパンで、屋台料理としてメジャーなものらしい。俺たちが買った店以外にも、似たようなものを売っている店が何軒かあった。

中に挟まれている肉は何の肉か分からないが、豚っぽいような、少し雑味の混じった味がする。

しかし雑味といっても、不味(まず)いというわけじゃない。日本にいた時には食べたことのなかった味で、わりと美味しい……というか、面白い味って感じだ。

単体では硬いだけのパンに肉の汁が染み込んで少し食べやすくはなっているが、それでもよく噛まないといけない。しかしながら、それがまたいい。

それに、パンのサイズ自体はそこまで大きくないものの、沢山噛むので意外とお腹いっぱいになる。

ただ、惜しむらくはパンにも肉にも、香辛料の類(たぐい)が足りていないことだろう。特に肉の臭み消しにハーブっぽいものを使っているみたいだが、量が少ないのか香りが弱いハーブなのか、臭みを消しきれておらず、それが雑味に繋がっているんだと思う。

王城ではそんなことを感じることはなかったんだけど、これが異世界の一般的な食事なんだな。

やっぱり元の世界……というか日本の食事は美味しかったんだなと、しみじみ思ったのだった。


パンを食べ終わった俺とイリンは、特に話すこともなく門が開くのを待つ。

俺たちと同じく開門を待っているのであろう人々が増えてきたところで、ようやくガラーンガラーンと鐘が鳴った。

「やっと開いたのか」

開いた門から続々と人が出ていくのを眺めながら、俺は決意を新たにする。

今はまだ迷いが多くて中途半端な俺だけど、それでもこの世界を生きていこう。

そして、いつか自分を誇れるようになれるといいと思う。

……そこで「誇れるようになる！」って断言できない時点でまだまだ先は長いけどな。

俺は苦笑しながらも、そばにいるイリンに視線を向けた。

「よし。行くぞ、イリン」

「はい！」

そうして俺たちは歩き出した。

閑話1　滝谷環

澄んだ空気で満たされた朝。

私——滝谷環はまだ日が昇り切らない中、自然と目を覚ました。

日本にいた時はスマホのアラームを使っていたけど、この異世界にそんなものはない。

——そう、私は今、異世界にいる。

こんなゲームみたいな状況に置かれているなんて、夢なんじゃないかって思うことが、今でもたまにある。

でも残念なことにこれは現実で、私は恐らくもう日本に帰ることはできないのだと思う。

王女様は、魔族の本拠地に行けば元の世界に帰れるかもって言ってて、この世界に来たばっかりの時は私もその言葉を信じていた。

けど、今ではその言葉は嘘なんじゃないかって思うようになっている。

だって、あまりにも都合がよすぎる。

いきなり召喚されて、敵を倒せば元の場所に帰れるなんて、まるで桜が持っていたゲームみたい。

まあ、異世界っていういかにもゲームみたいな場所にいる以上、可能性がないわけではないと思うけど……やっぱり完全には信じない方がいいだろう。

だいたい、私たちを呼び出したのも、この国の勝手な都合だ。

魔族と戦うために、強力な戦力となる存在を召喚する。そのこと自体は国家の判断としては正しいかもしれない。

だけどこんな風に一方的に召喚されたんじゃ、信用しろという方が無理だ。

「――んん～～～。ふぅ」

大きく伸びをしてから、寝台から下りて身支度をする。

まだ外は若干暗いけど、いつものことだからそんなに辛くはない。『そんなに』であって、少し眠くはあるけど。

動きやすい服装に着替えた私は、寝台の横に立てかけてあった杖を持って部屋を出た。


着いた先は、いつも私たちが訓練をしている場所。

ここなら私がスキルを使っても迷惑がかかることはない。

私のスキル『炎鬼』は、とっても使いづらい。

炎でできた人型を生み出して操るというスキルなんだけど、出力が低い時は完全に操ることができるのに、出力を上げるとなぜか勝手に動き回ってしまう。

それに、出力が低い状態――私は『火鬼(かき)』って呼んでいる――でも、完全マニュアル操作だから、いちいち指示を出さないと棒立ちになってしまう。

その一方で、出力が高い状態だと、私の意を汲んで動いてくれることが時折あるので、まだ私には分かってない何かがあるんだと思う。

正直なところ、もっと使い勝手のいいスキルだったらよかったんだけど、文句なんか言ってられない。

だって、彰人さんは私たちみたいなスキルを持っていないのに頑張っているんだから。

……まぁ、彰人さんは最近、『対抗魔術』っていうスキルを使えるようになったみたいだけど。

それにしても、彼がスキルを使えるようになった状況を思い出すと、今でも腹が立ってくる。

その原因は、勇者の一人で、クラスメイトだった永岡直己。

日本にいた時からお世辞にも真面目だったとは言えない彼は、あろうことか、訓練中に彰人さんに向かって魔術を放ったのだ。彰人さんが対抗魔術を使えていなかったら、怪我をしていた筈だ。

でも彼は、ただのイタズラだと怒ることすらなかった。

正直、彰人さんは甘すぎると思う。

でもその甘さに救われた私としては、あの人がそう言うなら仕方ないかと自分を納得させた……

今までのこともあって、少し、本当に少しだけ永岡のことを殴りたいと思ったけど。

ともかく、彰人さんがスキルを使えるようになって約一ヶ月。

私たちの方が一ヶ月長くスキルの訓練ができたわけだけど、それなのに私の方がスキルを使いこなせていない、なんてことになったら恥ずかしい。

それにいつか、あの人の横に自信を持って立てるようになりたいから、私は今日も朝の特訓を続ける。


「ふぅ～。今日はこれくらいかしら……」

まだまだ制御できているとは言いがたいけど、朝の特訓を始める前よりは、確実にスキルの使い方がよくなっていると思う。

そろそろ一度部屋に戻らないと、朝食に遅れてしまう。

「……あれ？」

部屋に向かって歩いていると、なんだか少しだけいつもより騒がしい気がした。

見ると永岡付きのメイドさんが忙しなく動いていたので、彼にまた何か無茶を言われたのかと思ってそのまま部屋に戻った。


「おはよう環」

「おはよう環ちゃん」

「ええ。おはよう海斗、桜」

身だしなみを整えて食堂に行くと、既に海斗と桜が席についていた。

そのまま二人と雑談をしていたけど、今日はなんだか他の人たちが来るのが遅い気がする。

彰人さんも永岡も来ないまま、王女様が食堂にやってきた。

「皆様、おはようございます。お待たせして申し訳ありませんでした」

「あの――」

「重ねて申し訳ないのですが、皆様にお聞きしたいことがございます」

何かあったのか質問しようとしたけど、王女様の言葉で遮られてしまった。

どうしたのかしら？　いつもならこういう時は、私たちに譲ってくれるのに。今日はそのまま話を続けている。

海斗と桜も不思議に思ったのか、三人で顔を見合わせる。

「ナガオカ様とスズキ様がどこにいらっしゃるか、ご存知の方はおられますか？」

「「え？」」

どういうこと？　まだ部屋にいるんじゃないの？

実は彰人さんは、朝に弱い。

普段は私たちをまとめてくれることが多いから、私生活もしっかりしているのかなって思っていた。だけど、そんな意外な一面があって、ちょっとだけ嬉しかったんだよね。

だから、たまたま寝坊しただけなのかと思ったんだけど……永岡のことも一緒に聞いてきたのが気になった。

「永岡君は分かりませんが、彰人さんはまだ部屋で寝ているのではありませんか？」

「そうですね。以前も何度か同じことがありましたし」

私の言葉に、海斗も頷く。

「確かに、スズキ様はそうかもしれませんね。では、ナガオカ様のことは本当にご存知ありませんか？　どんな些細(ささい)なことでも構わないのですが」

そう言われても私は何も知らない。興味がないというのもそうだけど、あまり積極的に関わり合いたいとは思わなかったから。それは海斗も桜も同じだろう。

私たちが黙っていると、王女様は諦めたように首を振った。

「……そうですか。お騒がせして申し訳ありませんでした。この後は朝食をお楽しみください」

「待ってください。何かあったのでしたら私たちにもお話ししていただけないでしょうか？」

私の言葉に少し迷った様子の王女様だったけど、結局話してくれた。

どうやら、さっき言っていた通り、彰人さんと永岡の姿が見えないから探しているらしい。

それだけでこんなに騒ぐことなんだろうかって思ったけど、永岡の部屋は鍵がかかっておらず、それにもかかわらずどこにも姿が見えないのはおかしい、ということみたい。

彰人さんの部屋は鍵がかかっていて、まだ寝てるんじゃないかって話だった。それでもこの時間まで起きてこなかったことはないし、ドアをノックしても全く反応がないのは珍しいそうだけど。

「あの、今から一緒に彰人さんの部屋に行ってみませんか？」

「……そう、ですね」

私の提案を受けて、王女様は歯切れ悪くそう言った。

どうしたんだろう？

「では皆様。私と共に来ていただけますか？」

私以外の二人も頷いている。当然だ。私だけじゃなくて海斗と桜の二人も彰人さんにはお世話になっている。心配しない筈がない。

まあ、あの人のことだから心配ないと思うけどね。私たちが行っても、いつもみたいに笑顔で迎え入れてくれる筈。

……はっ！　待って！

彰人さんは朝に弱い。そして私たちがこれから行くのは、まだ寝ているであろう彰人さんの部屋。もしかしたら寝起きでぼけぼけしている彰人さんが見られるかもしれない。

ううん。それどころか合鍵とか使って、寝ている最中の彰人さんが見られるかもしれないわ！

「スズキ様。お目覚めでしょうか？　勇者様方がお待ちです」

彰人さんの部屋のドアをノックしながら、彰人さん付きのメイドさんが呼びかける。

「……やはり返事がありませんね」

王女様が言うように、部屋の中からは何にも反応がなかった。やっぱりまだ寝てるのかしら？

でもこれはチャンスだ。

「あの、合鍵などはないのでしょうか？　まだ寝ているだけだとしても、この状況では鍵を開けてしまっても許されると思います」

実は何回か、相談がある体で早朝に彰人さんに会いに来たことがある。

でもその時はいつも、彰人さんも早く目が覚めていたのか、寝起き姿を見ることはできなかった。

外から部屋の中を覗こうとしたこともあったけど、カーテンのせいで見えなかったし、今回はとっても貴重な機会だ。

「……そうですね。どのみち、このままではいけないのも確かなので、仕方がないでしょう」

頬に手を当てていた王女様がメイドさんに視線を向けると、その人は一礼してこの場から去っていった。きっと鍵を取りに行ったんだろう。


メイドさんが戻ってきて、ドアに鍵を差し込む。

「では鍵を開けます」

そしてドアノブに手をかけ、ゆっくりと引き——ほんの少し開いたところで、すぐにドアを閉じてしまった。何かあったのかな？

「……どうしたのですか？」

王女様が問いかけると、メイドさんは私たちのことをチラリと一瞥してから、王女様に耳打ちし始めた。

それが私を無性に不安にさせる。

「……それは本当ですか？」

メイドさんが耳打ちを終えると、王女様は整った顔を歪めて驚きの声をあげた。

私の中に生まれた不安が更に大きくなっていき、私は知らない間に自分の胸を押さえている。

「どうかしたんですか？」

私が聞けなかったことを海斗が聞いた。

「……この部屋の中から血の臭いがするそうです。それも大量の」

「「血⁉」」

わけが分からない。ここは彰人さんの部屋の筈だ。なのになんで血の臭いなんかするの？

他の二人も理解が追いついていない様子だ。

そんな中、先ほどのメイドさんがドアに手をかけ、今度こそ完全にドアを開いた。

——そこには地獄があった。

「これは……⁉」

王女様の顔が驚愕に染まり、目を見開いている。

でも、目の前に広がる光景を見ればそれも当然だ。

部屋の中に入った瞬間、ツンとした臭いが鼻を刺激した。

私たちの部屋にあるものと同じ家具は、全てが叩き壊されている。

更に、部屋中に真っ赤な血が飛び散っていて、その血で壁には何かが書かれている。

脳内の知識を使えば読めるかもしれないけど、今はそんな余裕はない。

そして何よりも、部屋の中央にあるものが目を引いた。

その場所には何かが……ううん。誰かが倒れている。

――部屋と同じように、真っ赤に染まって。

「う、うげぇぇぇぇ……」

ただ呆然と部屋の中を見ていた私は、隣から聞こえた音にハッと意識を取り戻す。

「さ、桜！　大丈夫か⁉」

蹲ってえずいている桜に海斗が駆け寄るけど、その海斗自身も、今にも吐き出してしまいそうなほどに顔色が悪かった。

「アリアン、この部屋を調べなさい」

王女様の言葉で、彰人さんの部屋に視線を戻す。

「っ‼」

そうだ！　彰人さん！　ここは彰人さんの部屋だ！　なのにどうしてこんなことに⁉

部屋の中には彰人さんの姿はない。あるのは中央で倒れている人間……だけ……

「――あきと、さん？」

私は駆け出した。部屋に入ってすぐのところで立っていたメイドさんにぶつかって転びそうになりながらも、倒れている人物のもとへと駆け寄る。

「彰人さん！　彰人さん！　彰人さん！」

私は自分が汚れることなど気にしないで、いや、そもそもそんなことなど思い至りもせずに、膝を突いて調べる。でも――

「彰人さんじゃ、ない…？」

「これは……ナガオカ様……」

後ろから覗き込んだメイドさんの言葉通り、倒れていたのは行方不明の永岡だった。

どうして彼がここに？

「殿下、いかがいたしましょう？」

「集められる『メイド』と『執事』を全て集め、この場には他に誰も入れないように封鎖をなさい。それとお父様に報告を」

「かしこまりました」

王女様がメイドさんに指示をしているけど、どうすればいいのか分からない。

だってここは王城の筈だ。それなのになんで永岡がこんなことになっているの？

「……壁の文字は魔族の使うもの。だとしたら魔族がこれを？」

そんな王女様の呟きが聞こえてくる。

あの文字を読めるってことは、王女様はここで何が起きたのか分かるの？　彰人さんはどうなったの⁉

私は急いで立ち上がろうとしたけど、うまくできずに転んでしまった。

その時、足元に何か違和感があった気がしたけど、王女様の呟きの方が気になった。

「それに勇者スズキはどこへ？　文字通りなら既に……いえ、それが本当とは限らない……彼が共犯者という可能性も？」

その言葉を聞いて私はカッとなった。違和感のことなんてどうでもよくなって王女様に掴みかかる。

「どういうことですか⁉　彰人さんが共犯者って！　あの人がこんなことをする人に見えたんですか⁉」

許せない。あんなに立派でしっかり者で、かっこよくて優しくて私たちを守って支えてくれた彰人さん。ちょっと抜けたところもあるけど、それがまた魅力的なあの人を疑うなんて。許せない。

王女様は動じずに、淡々（たんたん）と答える。

「そうは申しておりません。あくまでも可能性の話です。何があったのか定かではない現状、起こりうる可能性を全て考えなければなりません」

「だとしても！　あの人がこんなひどいことをする筈がありません！　あなたは――」

「環！　落ち着け！」

桜のそばにいた筈の海斗が、私の肩を掴んで強引に引き離した。

「でも――」

「彰人さんが心配なのは分かる！　俺だって心配だ！　でも他にすることがあるだろう！　彰人さんの姿はここにはない。だったら他の場所にいるかもしれないし、こんなことをした犯人に誘拐された可能性もある。まずは探すのが先だろ！」

「――そう、ね……ごめんなさい、海斗。王女様も申し訳ありませんでした」

「いえ、私も不用意な発言でした。申し訳ありません……すみません、陛下に報告が必要ですので、一度下がらせていただきます」

王女様はそう言って、部屋から出て行った。

正直まだまだ言いたいことは沢山ある。それこそ山のように。

でも今はそんな場合じゃない。

海斗が言ったように彰人さんが誘拐されたのだとしたら、私が探しに行かないといけない。

私は何か手がかりがないかと部屋の中を見回す。部屋の外では、桜が気分が悪そうにしゃがみこんでいた。

私もこんな所にいたくないけど、何か彰人さんの居場所に繋がるものがないかと探す。

砕けた家具。切り裂かれた布団。部屋中に撒き散らされた血。それらの全てがこの部屋で戦闘があったことを教えてくれる。

痕跡を探そうにも、これだけ散らかっていると、どこから手をつけていいのか分からない。

手がかりといったら壁に書かれている文字だけど……やはりまだ混乱しているせいか、知識がうまく引き出せない。

メイドさんに聞けば分かるかもと思って聞いてみたけど、王女様の許可がないからって断られてしまった。

何か。早く何か見つけないと。早くしないと彰人さんが！

「あっ‼」

焦っていた私の脳裏に、先ほどの違和感が蘇る。

そうだ！　さっきの場所なら何かある筈！

そう思い立って改めて調べると、違和感の正体が分かった。

床だ。

床の一部だけが、部屋中を汚している血で汚れていない。

もしかしてと思い、床を叩いてみると、奥に空洞があるようだった。

「あった！」

その床をはがすと、地下へと続く階段があった。

「どうかなさいましたか……っ⁉」

私の声に反応して寄ってきたメイドさんが、地下への階段を見て驚いている。

やっぱりコレの存在を知らなかったみたい。だったら後はこの先を調べるだけ。

「あっ！　タキヤ様！　お待ちくださいっ！」

地下通路に下りた私は、背後から聞こえる声を無視して走る。

「火鬼！」

灯りの全くない通路は真っ暗で、そのままでは進むことができなかった。

灯りの魔術具を渡されているので、そっちを使ってもよかったのだけど、もしかしたらこの先には彰人さんを攫った敵がいるかもしれない。

戦力になることも兼ねて、出力を絞って作った火鬼を先行させた。

前を進む人型の炎に照らされた通路を走って少しすると、分かれ道があった。

一方はそのまま直進する道で、もう一方は今進んでいる通路から逸れて階段を上る道。

多分正しいのはこのまま真っ直ぐ行く方だと思う。かといって、もう片方の道を調べないわけにもいかない。

「……炎鬼」

グオオオォォォ！

出力を上げて作った炎鬼は、叫び声をあげながら私の意思に関係なく暴れようとする。

でも──

「黙りなさい」

今勝手に暴れられるのは困る。いえ、困るなんてものじゃない。いくら私が作り出した存在とはいえ、はっきり言って邪魔でしかない。

私の邪魔をするのなら潰す。誰であっても。何であっても。私にはやらなきゃいけないことがあるのだから。

そんな思いを込めて言葉を発すると、炎鬼はおとなしく言うことを聞いた。

いつもとは違う反応に少しだけ驚いたけど、今はそんなことはどうでもいい。ただ彰人さんを探すのに便利な道具が手に入っただけ。

「階段の上を調べて、敵がいたら捕まえなさい。無理なら殺しても構わないわ」

それだけ言うと炎鬼の反応を確認することなく再び走り出した。

普段ならコントロールできない炎鬼だけど、いつも使っている火鬼と同じように、線が繋がっているような感覚がある。

今ならば自分の言うことを聞いてくれる。自然とそう思えた。

そうして再び火鬼に先導させてしばらく走っていると、階段を任せた炎鬼から行き止まりという思念を受けた。この思念も普段は受け取ることがないものだけど、コントロールが可能になったおかげで受け取れるようになったのだと思う。

単なる行き止まりの筈はないとは思うけど、今はそっちに構っていられない。

私が進んでいる通路の途中に、扉があったのだ。

扉と言っても、お城にあったようなしっかりしたものではない。

けれど、今まで続いた壁とははっきりと違うものであることは確かだった。この先にも道は続いていたけど、まずはここを調べてからだ。

問題はこの扉の開け方が分からないことだ。鍵もなければ鍵穴もない。どうすればこの扉は開くのだろうか。

悩んでいる私の目に、ふと火鬼の姿が入ってきた。

「……やりなさい」

火鬼に命令して扉に突撃させたけど、傷がつくだけで終わってしまった。

でも、この程度で傷がつくなら……

「炎鬼、最大出力」

私は先ほど生み出した炎鬼よりも更に大きい、過去最大出力の炎鬼を作った。

「……やりなさい」

火鬼に命令したのと同じように命令を下す。

普段なら言うことを聞かないであろう炎鬼も、今は暴れることなく素直に動いてくれる。

グガアアアアア‼

炎鬼が殴りかかると、ビリビリと震えるようなすさまじい音と共に扉が吹き飛ぶ。

「……ここが当たりみたいね」

扉の向こうには階段があって、一瞬だけハズレ？　とも思ったけど、階段の先には天井にも小さな扉がついていた。恐らくあの先はどこかに通じているんだと思う。

その扉も、同じく炎鬼に破壊させて先行させる。

危険はなさそうなので私も続くと、そこはどこかの部屋だった。

部屋の作りと走った距離からして、王都内の貴族の屋敷だと思う。

――貴族――魔族――地下通路――共犯者。

「……そう。この国の貴族に共犯者……裏切り者がいたのね」

そばにいた炎鬼が更に大きく熱くなった気がするが、そんなことはどうでもいい。

せっかく心優しい彰人さんがこの国を救ってあげようとしていたのに、当のこの国の人たちがそんなことをするなんて……

「絶対に許さない」

彰人さんを見つけ出した後は、こんな場所、全部燃やしてやる。

閑話2　ハンナ・ハルツェル・ハウエル

あのおぞましい部屋から、陛下のもと――ではなく自室に戻ったわたくしは、すぐにメイドを下がらせました。

「このっ！」

そしてそのまま、近くにあった花瓶を床に叩きつけます。

当然ながら花瓶は割れ、中に入っていた水と花とともに破片が周囲に散らばりました。

王女であるわたくしですが、娯楽本の類は時折読みます。その中に、怒った時に花瓶を叩き割る登場人物がいて、なぜそんなことをと思ったものですが……その気持ちも分かる気がします。意外と持ちやすい形をしているようですね。

そんなどうでもいいことを考えてから、頭を振って脱線した思考を元に戻します。

「一体、何が起きたというの？」

この城には、許可のないものは出入りのできない結界が張ってあります。

我が国の最高位魔術師たちが張ったもので、そうそう外部からは侵入することはできません。

この一ヶ月ほどに、何者かの反応が引っ掛かりましたが、結局侵入はされなかったという報告がありました。

しかし、今回は違います。結界の中にて勇者が殺害されてしまったのです。

この大事な時に、あろうことか、今後の計画の要となる予定であった勇者が殺されてしまうなんて。それも二人も。

どうやって結界の中に入ったのでしょう？　結界が破られたどころか、何かしらの反応があったという報告もありません。

……いえ、初めから結界の中にいたのであれば可能でしょう。

ですが、そうなると勇者を殺したものは未だ城の中にいるということでしょうか？

あの部屋の壁に書かれていた文字は、魔族の使うものでした。

『ごちそうさまでした♪　こっちは不味かったから残りはあげる！』

なんとふざけた文でしょうか。

普通に考えれば魔族が書いたものですが、何者かが魔族のフリをして書いたという可能性もあります。

では、誰が？　という疑問が出ますが……

昨晩、勇者ナガオカと勇者スズキはあの部屋の前で二、三言葉を交わし、部屋に入っていったという報告がありました。

それを踏まえれば、一番怪しいのはあ・の・男。

ただの駒でしかないくせに、わたくしに交渉を持ちかけ、契約までさせた勇者スズキ。

ですが、彼が勇者ナガオカ殺しの犯人だと断定するには、やはりまだ疑問が残っています。

正直、彼は契約がなければすぐに逃げ出していたでしょうし、その素振り（そぶ）りはありました。

ただ、口では他の勇者などどうでもいいと言いつつも甘いところのあったあの者が、勇者ナガオカを殺すことができるのでしょうか。

それに、契約の期限もまだ残っているはず。

……分かりませんね。今はとにかく情報が少なすぎます。

なんとかして情報を集めなければ――


――ォォオン！


「⁉」

突如地面から、低く響く音が聞こえました。

「何事です！　誰か――」

「ハンナ王女殿下！　緊急事態です！」

部屋の外で待機するメイドを呼ぼうとしましたが、同時に別のメイドが駆け込んでしました。

この部屋に入ってきたということは、外にいたメイドたちが許したのでしょう。

普段なら、王女である私の部屋にこんな風に入ってきたのであれば、死罪になってもおかしくはありませんが……今はこの者の言う通り緊急事態なので、不問とすることにしましょう。

「騒々しい。一体何が起こったと言うのですか」

「ゆ、勇者タキヤが件の部屋にて地下通路を発見！　その後発見した通路を単独で走っていきました！」

「地下通路？　そんなものはあの部屋にはなかった筈ですが――」

――ォォオオン‼

そこまで言うと、今度は城壁の外側から、大きな爆発音が聞こえました。

しかも、その方角から強大な魔力が感じられました。

この魔力は……勇者のものでしょうか？

まさか、今の報告にあった地下通路がそんなところまで繋がっていたのでしょうか。そしてその先で、何かが起こった、と……

「即座に部隊を編成し、勇者タキヤを追いなさい。編成は速度を重視し、一刻も早く勇者の確保と状況の確認を急ぐように」

「はっ！」

――本当に、何が起こったというのでしょうか。

「――ひとまず、勇者タキヤの方はどうにかかなりましたね」

「はい。ですが新たな問題もあります」

「ええ、それは分かっています」

発見した地下通路を独断専行で進んだ勇者タキヤですが、無事に連れ戻し、現在は（強制的に）部屋で休んでもらっています。

彼女の行動は困ったものでしたが、おかげで二つ、分かったこともあります。

まず一つ目は、地下通路の存在。

更にその地下通路は、王都内のとある貴族の屋敷に通じていたことが判明しました。

通常貴族は、有事の際に使うための隠し通路を持っています。それは王族も同じです。

しかし、王族が使うために城から延びているものと、貴族のものが繋がっている、しかも王族が把握していなかったとなると、些(いささ)かどころではない大問題です。

つまりはその貴族が、王城に自由に出入りできるということなのですから。

またこれで、勇者スズキが勇者ナガオカを殺して逃げた、という可能性は低くなりました。

仮に勇者スズキがスキル『対抗魔術(アンチマジック)』に完全に目覚めていたとしても、魔術を消す能力では地下通路を作ることなどできないでしょう。

他の者の協力があれば可能かもしれませんが、協力を仰ぐような機会はなかった筈です。

それに、あの男の部屋の監視は外したものの、その外では常に監視していましたから、他の勇者が通路を作るために入室したならすぐに分かりますし、実際はそのようなことはありませんでした。

つまり、あの部屋で勇者スズキが勇者ナガオカを殺しても、逃げることはできないのです。

もしかしたら、地下通路を発見して逃げたのかもしれないとも考えましたが、それも不可能でしょう。

なぜなら、地下通路にはいくつか分岐がありましたが、例の貴族の地下通路に繋がっている箇所以外は全て行き止まりで、隠し通路なども見当たらなかったのですから。

その貴族が手引きをした可能性もありますが、やはり勇者スズキが勇者ナガオカを殺せるのか、という疑問にぶつかります。

であれば、貴族の裏切りで魔族が城に侵入し、勇者二人を殺害した……と考える方が自然でしょう。

また、もう一つの分かったことは、宝物庫の中身がなくなっている、ということでした。

分岐のうちの一つに、先が行き止まりになっている上り階段があったのですが、その行き止まりの場所を計測すると、宝物庫の真下になることが判明しました。

そこでお父様に申請し宝物庫を開けてみたのですが、中のものは全て、宝を飾ってあった棚すらなくなっていました。

何故⁉　と部屋の中を見渡しても、結界魔術は健在で、何者かが侵入した痕跡はありませんでした。

私が宝物庫の前で首を捻っていると、検分に来ていたヒースが興味深げに呟きました。

「転移かもしれませんな」

「転移ですって？　確か対策はしてあると聞いた筈ですが？」

「対策はしてあります。ですがこの部屋にかけられている結界魔術は、言うなれば万能結界といったもの。あらゆるものに効果を発揮しますが、特定の何かを集中して狙われると弱いというものですな。まぁ、弱いといっても並みの魔術ではこの結界を抜けることなどできませぬが」

「ですが、結果はこの通りです」

「うむ、恐らくあの地下通路の階段が原因でしょう。魔術というものは、距離が短くなればそれだけ術の威力や精度が上がります。そのため、結界の真下まで通路を伸ばしてから、結界対策を施した転移魔術を発動することで、中身を盗んだのでしょう……いやはや、それほどの魔術を使えるとは、素晴らしい実力の持ち主ですな」

ヒースの言葉を聞いたわたくしは、思わず睨みつけてしまいました。いくら王城で最も力のある魔術師だとしても、こんな事態を引き起こした相手を褒めるなど許されません。

とはいえ誰かを睨みつけるところを見られるわけにもいかないので、すぐにいつもの落ち着いた表情に戻しましたが。

幸いにして金庫の方は無事だったので、今後の国家運営には支障はありません……何事もなく運営していくだけならば。

けれどそんなことは無理に決まっています。

宝物庫に収められているものは、国家間の問題が起こった際に賠償(ばいしょう)の品として渡すこともあれば、家臣に褒賞（ほうしょう）として渡すこともあります。

だというのに、「何もありません」では、信用も権威もなくなってしまいます。

またその宝物の中には、高位の魔術具もありました。

非常に強力なそれらを、我々に敵対するであろう者に奪われたとなると、今後どのようなことが起こるか、考えたくもありません。

なんとかして、宝物庫から盗んだ犯人を探さなくては。

もちろん、恐らくそれと同一人物であろう勇者殺害の犯人も。

そして、勇者スズキが本当に死んだのかも確認しなければなりませんし、裏切り者の貴族の処分も考える必要があるでしょう。

やることが多すぎて嫌になるけれど、何もしないわけにはいきません。

勇者を使った計画は遅れることになってしまいますが、犯人を捕まえなければまた同じことが起こってしまうかもしれないのですから、仕方ないことです。

「――私たちを敵に回したことを、後悔させて差し上げます」

この世界には人間以外の存在など必要ないのです。わたくしの邪魔をする者は、放っておくわけにはいきません。

私は一つため息を吐くと、早速動き始めました。

――全ては人間だけが安心して暮らせる理想の世界を作るために。

60歳で無事に定年退職した中田祐一郎（なかたゆういちろう）。彼は職を全うした満足感に浸りながら電車に乗っているうちに……気付けば、10歳の少年となって異世界の森にいた。どうすればいいのか困惑する中、彼は冒険者バルトジャンと出会う。顔はいかついが気のいいバルトジャンは、行き場のない中田祐一郎――ユーチの保護を申し出る。この世界の知識がないユーチは、その言葉に甘えることにした。こうして始まったユーチの新生活は、優しい人々に囲まれて、想像以上に楽しい毎日になりそうで――

●定価：本体1200円＋税　●ISBN 978-4-434-27154-0　●Illustration：齋藤タケオ

ライトなオタクで面倒くさがりなぐーたら干物女……だったはずなのに、目が覚めると、見知らぬ森の中! さらには──「えええええぇぇぇぇ? なんでちっちゃくなってんの?」──どうやら幼女になってしまったらしい。どうしたものかと思いつつ、とにもかくにも散策開始。すると、思わぬ冒険ライフがはじまって…… 威力バツグンな魔法が使えたり、オコジョ似のもふもふを助けたり、過保護な冒険者パーティと出会ったり。転生幼女は、今日も気ままに我が道まっしぐら! ネットで大人気のゆるゆるチートファンタジー、待望の書籍化!

◉定価:本体1200円+税　◉ISBN 978-4-434-26774-1

◉Illustration:キャナリーヌ

変わり者と呼ばれた
貴族は、辺境で自由に
生きていきます
enbunbusoku
塩分不足
領民ゼロの大荒野を……
神話の魔法で
のけ者達の楽園(ユートピア)に!
超サクサク
辺境開拓
ファンタジー!
名門貴族の三男・ウィルは、魔法が使えない落ちこぼれ。幼い頃に父に見限られ、亜人の少女たちと別荘で暮らしている。世間では亜人は差別の対象だが、獣人に救われた過去を持つ彼は、自分と対等な存在として接していた。それも周囲からは快く思われておらず、『変わり者』と呼ばれている。そんなウィルも十八歳になり、家の慣わしで領地を貰うのだが……そこは領民が一人もいない劣悪な荒野だった! しかし、親にも隠していた『変換魔法』というチート能力で大地を再生。仲間と共に、辺境に理想の街を築き始める!
変わり者と呼ばれた貴族は、辺境で自由に生きていきます
塩分不足
領民ゼロの大荒野を……
超サクサク辺境開拓ファンタジー!
神話の魔法でのけ者達の楽園に!
アルファポリス
◉定価：本体1200円+税
◉ISBN 978-4-434-27159-5
◉Illustration：riritto

世に悪名轟くクズ王子。
しかしその正体は——
剣に生き、剣に殉じた最強剣士!?

グータラ最強剣士ファンタジー開幕!

かつて、生きる為に剣を執り、剣に殉じ、〝剣帝〟と讃えられた一人の剣士がいた。ディストブルグ王国の第三王子、ファイ・ヘンゼ・ディストブルグとして転生した彼は、剣に憑かれた前世での生き様を疎み、今生では〝クズ王子〟とあだ名される程のグータラ生活を送っていた。しかしある日、隣国の王家との盟約により、ファイは援軍を率いて戦争に参加する事になる。そしてそこで出会った騎士の死に様に心動かされ、再び剣を執る事を決意する——

◉各定価：本体1200円＋税　◉Illustration：山椒魚

1～3巻好評発売中!

元Sランク勇者の
天然やりすぎファンタジー開幕！

魔境と恐れられる最果ての街に、一人の少年がふらりとやって来た。彼の名は、ロイ。Fランクの新人冒険者である。魔物蔓延る過酷な辺境での生活は、彼のような新人にはあまりに荷が重い。ところがこの少年、実は魔王を倒した勇者だったのだ。しかも、ロイにはその自覚がまるでないものだから、周囲は大混乱!?
規格外新人冒険者のちょっと賑やか（？）な辺境生活が始まる！

●定価：本体1200円＋税　●ISBN 978-4-434-27061-1

illustration：ひづきみや

鑑定、買い物だけじゃなく
キケンな魔獣も楽々ペットに!

［第12回］
アルファポリス
ファンタジー小説大賞
特別賞
受賞作!

家でネットショッピングをしていた青年・山崎健斗は、気が付くと、いかにもファンタジーな街中にいた……タブレットを持ったまま。周囲の様子から、どうやら異世界に来てしまったらしいと気付いたケント。さらにタブレットを操作してみると、アイテムや人間の情報が見えたり、地球のものを買えたりするアプリを使えることが判明した。雑用係として冒険者パーティ『暁』に加入した彼だったが——チートアプリ満載のタブレットのおかげで家事にサポートに大活躍!?

◉定価：本体1200円+税　◉Illustration：ヤミーゴ
◉ISBN 978-4-434-27055

この作品に対する皆様のご意見・ご感想をお待ちしております。
おハガキ・お手紙は以下の宛先にお送りください。

【宛先】
〒150-6008 東京都渋谷区恵比寿 4-20-3 恵比寿ｶﾞｰﾃﾞﾝﾌﾟﾚｲｽﾀﾜｰ 8F
（株）アルファポリス　書籍感想係

メールフォームでのご意見・ご感想は右のＱＲコードから、
あるいは以下のワードで検索をかけてください。

アルファポリス　書籍の感想　検索

ご感想はこちらから

本書は Web サイト「アルファポリス」（https://www.alphapolis.co.jp/）に投稿されたものを、改稿・改題のうえ、書籍化したものです。

『収納』は異世界最強です　～正直すまんかったと思ってる～

農民（のうみん）

2020年 2月 29日初版発行

編集－村上達哉・篠木歩
編集長－太田鉄平
発行者－梶本雄介
発行所－株式会社アルファポリス
〒150-6008 東京都渋谷区恵比寿4-20-3 恵比寿ｶﾞｰﾃﾞﾝﾌﾟﾚｲｽﾀﾜｰ8F
TEL 03-6277-1601（営業）　03-6277-1602（編集）
URL https://www.alphapolis.co.jp/
発売元－株式会社星雲社（共同出版社・流通責任出版社）
〒112-0005 東京都文京区水道1-3-30
TEL 03-3868-3275
装丁・本文イラスト－おっweee
装丁デザイン－AFTERGLOW
印刷－中央精版印刷株式会社

価格はカバーに表示されてあります。
落丁乱丁の場合はアルファポリスまでご連絡ください。
送料は小社負担でお取り替えします。
©Noumin 2020.Printed in Japan
ISBN978-4-434-27151-9 C0093